詩情·琉璃心

孫吳也詩畫集

~穿越時空的愛戀

孫吳也——著

寫在孫吳也「詩情‧琉璃心」藝術創作個展首展之前

台灣時報新聞中心主任
統籌策展人

李新

二零二一年,孫吳也「琉璃畫+詩」的新紀元!

　　二零二一年元月十三日至廿四日,孫吳也「詩情‧琉璃心」創作展,要在高雄市文化中心雅軒舉行個人琉璃畫首展,卅件琉璃畫精品,包括:孫吳自畫像、心中的風景、心海的景象,皆就地取材於當下生活、童年記憶與左腦、右腦轉換過程的心象、幾何符碼。

　　二零二一年,續有既定台灣、國外等四場展覽,一如春風,吹綠藝術界的新秀孫吳也!

　　先苦而後熟甜於企業經營的「CEO孫國祥」、創立港都電台而成好事聯播網的「媒體人孫吳也」、參與舞台劇、以詩、小說、廣播主持等聞名的「藝文雅士孫吳也」,也是自今年二零二一年起,以「台灣琉璃畫藝術家孫吳也」,皆是同一人,鶴髮童顏、儒雅儀表!

　　承命於孫吳也之重託,負責策畫孫吳也「詩情‧琉璃心」創作首展;以多年藝術行銷的思維策略,期能善用孫吳也豐厚人脈網絡資源,一新耳目的視覺感受外,廣開「壯世代」心靈視野的想法,殷盼有所成於一二!

　　琉璃畫,每一幅作品,以一首詩敘明其意旨或理念,結集出書;特別是紀錄片,將孫吳也吸納高雄澄清湖靈秀之氣與居家悠閒的生活、創作入境,進一步理解藝術創作者勤於耕耘自心的日常;琉璃文

創品開發等，將在展覽期間，分享給社會大眾。

孫吳，這位真情一代男，畫畫了！

初聞此訊，驚叫：怎麼可能?!其一，以詩名卓立於群，享有粉絲團。其二，人生閱歷豐厚，雖鶴髮童顏如仙，怎會再尋求自我挑戰呢？

三思，是琉璃畫，無師自通，而窺其用色、造型、意境，似有天分且揉合詩文風格。又，琉璃畫，一說，台灣並無專職畫家，孫吳也有名列第一之榮耀；工序與油畫、水彩、水墨，多所差異。台灣所未見！

當驚嘆與思慮到是一條不安的靈魂作祟！孫吳也百幅琉璃畫，十個月完成。正尋求全新風格的新作，努力精進中。

色塵境緣所致，多數人多為生活所耽誤了天分，也常因生活所迫，習得另一專長技能，即使在孤寂靜夜或人生某個崁層，那赤子之心，被觸發油然或猛然甦醒；那天賦，也因緣而被自己驚見，或也驚異、驚訝於老友舊伴，特別的是驚懾、驚駭莫名於自己的藝術才情者，孫吳也當即如此也！

這一年來，孫吳也不是在寫詩，就是在沉思、在作畫或者等作品熟成。往日詩情般生活，而今增添藝術美味，更加揚發儒雅名士風格！

孫吳也以詩文描述四季花情，而今臻至圖像視覺感受，表述所見所思。

近卅年交情，再見孫吳也色光豔彩的生命，特此銘誌，並祝福順利圓滿！

琉璃心・詩情・詩歸璀璨

現任台灣藝術研究院院士
亞洲美術家協會台灣分會副會長
積禪藝術事業總監

許一男

　　孫吳也！新閣（李新閣下）好友──孫國祥。情愛大詩人！籌畫「詩情・琉璃心」首次個展，已有一段時日。

　　日前高師大藝術生態研討會中場，南風吹拂的片刻，春天訊息驟然萌生鏈結，新閣急催邀約「真情一代男」等，藝緣至幸聚首文藻，啜飲耶加雪菲咖啡，熱情的律動中，擁抱當下，彼此嘆之相見恨晚。期許在「詩心琉璃情」的展覽中，將所有如風神往的感動釋出！映在言談中、映在彼此的心裡，諾允愛深情繾的祝福，祈表菊島一男無限崇敬之意。

　　孫吳也，才子詩人，學貫古今，氣質儒雅種種神情，鬚髯型男的魅力，就不再贅述其詳。在欣然為序之前，最新拜讀所贈《西班牙詩抄百首》，感佩讚嘆之餘，試就孫吳詩作之於繪畫（琉璃創作）的互動、淵源、啟始、牽連，做一分析探討。

　　古人有云「詩中有畫，畫中有詩」，藝文大家余光中更讚稱藝術創作為「靈視」，謂之「靈」是靜的，與道融合無間，「視」是動的是與物接觸的過程，創作本身確有心靈需要而起。是完美生命靈魂的尋覓，可之詩畫同源，互為表裡。詩意可藉由圖像創作，客觀圓滿完成。

　　孫吳也，以詩文為內涵在琉璃上作畫，這種獨特的藝術語彙（琉璃基底材質不易吸附的特殊性）不完全用筆的圖繪方式，為視覺藝術

展開另一種可能性，完全不同的純視覺享受，沒有固定的構圖與形式，彷彿在玩色彩遊戲般、又具音樂律動、節奏感，整個畫面融合而亮麗。

創作就是將最熟悉的材質，變通俗為流行，搬上畫面，展現類歐普藝術的抽象效果。當代藝術對傳統繪畫包括思維、行為、知覺都可被創造。孫吳也以詩證之，轉形質為性情，竟能創新以詩心補足視覺形式空靈的缺憾，如詩泉湧。「嵐山和宇宙與眸光中，凝睇於出塵之際」真所謂將藝術登入聖境～「一杯空無，賜我靈注」實在是難能可貴了！

最後！仍然怦然心動，我要為孫吳也成功出擊的第一個畫展喝采……

作為一個藝術家（畫家），將人生關懷與「愛」，用世界級的方式布局，「超前布署」透過自說自畫，自我完成。不是一般畫冊看到的那種，而是純以自己「形式即內容」，美妙無比，契合當下文化藝術的覺知。一種現代社會視覺藝術的依歸，安頓和溫暖的質感。

恭喜！孫吳也！今天起，藝術家孫吳也！這個名號相符的桂冠，高高上頂。「愛・無盡」，「詩心琉璃情歸燦爛」我們熱烈鼓掌祝福。

柔情似水‧焱焱淬鍊

甘樂阿舍美術館創辦人
藝術家

曾英棟

　　孫兄從企業的CEO到媒體人、詩人、演員、藝術家……等，猶如體育界鐵人展現十項全能。角色不斷更迭、既廣且精，「素人」如此跨界真是充滿無限的熱情、才氣橫溢！不可思議！

　　玻璃彩繪歷經烈火淬鍊，過程充滿未知神祕所造就出的燦爛色彩。一切正如作者的鏡射……唯有像孫兄情感豐沛、柔情似水的「情種」，方能嘔心泣血用生命來燃燒澆灌出作品。

　　奧林匹亞山巔的眾神，依然嘲弄著世人，山依然是山，孫兄化身古希臘英雄、充滿神性，以明知不可為的夢，繼續推進！將水將火交織融成生命的詩篇，這一部偉大的史詩令人讚嘆！

彩繪出宇宙乾坤

台灣之光 生命鬥士
加拿大FCA全國及世界性比賽評審
2017唯一華人榮獲兩套Rosemary世界畫筆命名
2016榮獲加拿大SFCA當代大師級畫家席位

嚴榮宗

　　很榮幸地，能有機會再次為孫吳也兄的著作寫序，原本期待的是又可以先睹為快，一代大師的巨作，來趟令人回味無窮的文學之旅，只是這回我們這位學富五車，才高八斗的大師，竟然大出我所料，用起了七彩釉料，彩繪出宇宙乾坤，我只能驚歎，對這樣的一位奇才，你永遠無法猜到他的下一步是什麼。

　　短短一年時間的自學，從零到有，再到一幅幅令人驚豔不已的琉璃彩繪，只能用令人難以置信來形容，其生動的用色、古樸的畫風與意境，換作常人，若非二、三十載的磨練，豈得其功。由此可見一斑他一生中對生命的熱情與理想的執著。

　　非常期待看到這些作品的真跡，也殷盼孫吳兄持續創作出更多動人心弦、回味無窮的作品，讓大家可以一飽眼福。

謎一樣的天賦

好事聯播網董事長

倪禧禧

　　國祥先生與我是多年的事業夥伴，他在企業界及廣播電台均有多年高級主管的經歷，除了專業外，他一向以精神領導著稱，而私下他竟然有如此卓著的藝術天賦。

　　先生平日在文學方面的創作與詩興，都讓朋友們很驚豔，近期又讓我們看到了他在繪畫藝術上的天賦與表現。

　　平日若有煩惱相詢，先生都會給於樂觀提醒；記得有一次他在投資上遇到問題，不但不訴苦，還能坦然自若。與先生的相處，感覺到他的人生觀，平和、優雅、豁達，我覺得先生在他畫作裡呈現的氛圍、不僅只是畫筆作畫而已，更蘊藏着深深的內涵。

　　看到先生拍幾個鏡頭，去海邊，帆船、釣客，去野外，花鳥、樹影，拍時看來十分輕鬆，對我們而言只是個印象，在他卻變成了作品，留下永恆的意境，畫畫對他好像也很輕鬆，但作品却活生生地展現出力量來。

　　他的天賦與認真，帶給我們美好的享受，令人非常羨慕，真希望我們也有這樣多方面的才華。

千思萬想　存乎生命氣息

高雄市文化局文化中心管理處處長

吳正婷

在高雄，久聞孫吳副董大名。

十二年前，剛調職文化局，觀賞他率領港都電台伙伴演出的舞台劇「頻率」；當年話題是「異業合作」、「看的廣播劇」。舞台上，孫吳副董及眾DJ主演的身影，我讚嘆著，是怎樣的老闆，能帶領著這麼有活力的電台人，創意綻現戲胞！

過去十年，在多次藝文消費者問卷調查裡，證明港都電台是藝文人口愛用媒體，於是文化局長期與港都電台合作，進行各項藝文活動宣傳。我讚嘆著，是怎樣的老闆，體諒藝文宣傳的困窘性及急迫性，讓港都電台無私展現大眾媒體的魅力與廣度，勾起民眾進入劇場。

真到最近實際認識了孫吳副董，馬上理解，孫吳副董本人，就是天生重度的資深文青。各種文化氣息、藝術感受，自然而然存在於他生命思緒氣息之中。他的五感總是全開，自在吸收、轉換著歲月經歷的精彩。

隨手寫來的詩，對孫吳副董已是小CASE；現在一頭熱情進入有工藝技術難度的琉璃畫，竟也是信手勾勒融色，高溫淬燒後，色彩流動著奪目的晶瑩，所有的詩境躍然展現。

他的琉璃畫複工厚重又晶透柔順，一如他的詩，在字斟句酌中展現出千思萬想。

邀請您，這是一位歷經人生風雨歷練的資深文青，熱切希望也祝福每位觀賞者的世界，能一同感受他對這美好世界的讚美愛戀。

以藝術激發重塑的自我

台新銀行公益慈善基金會執行董事

鄭家鐘

　　吾友國祥，感情澎湃，發於中，形於外，投身藝文創作，歷久不衰且領域益發廣大，小說詩詞，源源不絕，而寫實繪畫、攝影、情歌，交融相映，圖像說話，話成文字，直驅內在省覺，自成一格。

　　日本前衛藝術家岡本太郎認為畫畫人人皆應動手，心手合一，創造自己的視野，他認為藝術最大作用不在精巧、漂亮，它的作用用一句話概括，就是「激發重塑自我的激情」

　　國祥如此大量創作，以藝術激發自身不斷重塑的自我，應該屬於岡本太郎認可的藝術態度。

　　如果承認「藝術是把最內在的修身與最入世的作為，合而為一，形成循環」那，國祥的確是活在藝術裡。

　　大陸藝術家邱志杰說：「藝術不是一種職業分類，而是生活的貫通與改變的力量之所在，是對生活的每一各角落進行重新思考與反思的能力」

　　我贊同他說的「把藝術做為生活的建設性力量的全面性努力」

　　由國祥如此的創作熱情與全方位的努力，他或許也是傳達一種生活的建設性力量！

　　值此出版之際特此道賀！

難道David是個雙魚男？

Angela Hsu國際畫壇策展人、廣告人

柏林沒有停（Berlin Melting）德台交流藝術展主策劃人

許萍芬

　　柏林於一周前開始變冷。瞬間，綠蔭蒼蒼的城市開始換上秋衣，今天早上起來煮咖啡時，突然發現家裡前面的那一顆樹，第一個換上金黃色的外套。這個改變美不勝收，好像就在一夕之間。忽然間想把剛煮好的咖啡咖啡加上一點點肉桂粉。慶祝一下這個瞬間的感動。

　　美好的感動，就在瞬間。David的詩句像是素描，詩句速寫下他的瞬間感動。他的琉璃畫作再將感動昇華，為之永久保存。由於準備明年兩場展覽，過去這半年多以來，David常常分享他的詩句與作品。剛開始，我覺得他的作品很特別，每一首詩都搭配一幅琉璃作品。好像吃菜搭配酒，Wine Pairing的概念。雅趣無窮。

金針遍野 孫吳詩與畫 作品第096號

　　俯視山麓

　　陽光下泛起一片金黃色的波浪

　　想要衝動地在它的懷抱中打滾

　　或者化身為一葉小舟

　　盡情地在黃金海洋中徜徉

　　不去想紅塵裡的世事雜物

　　此刻我已置身在人間天上

　　遨遊四野觸目所及

但覺世間的一切可以拋卻

頓然感到寵辱皆忘

祈願時光就此停格

在這片世外桃源永駐

　　半年後，這些作品慢慢發酵，不只是文人風雅，更像月下獨酌。
（雖然David說他已經戒酒三十年。）

唐吉柯德的夢想 孫吳文創 紅塵漂泊集之二十

西風開始吹的時刻

風車逐漸轉動

在靜止的空域中有了動能

天地間突然活潑了

我的思緒也隨之神馳了

驀然想到了唐吉柯德

風車、瘋狂騎士及歐陸中世紀的傳奇

平靜的心緒襯入那個年代的事蹟

為之動盪起來

於焉端起一杯珈琲

噢！應該是紅酒

向那個末代騎士致最敬禮

喝杯雙魚咖啡 孫吳情歌集 092

在全然虛無的境界裡
生命自我放逐的歲月中
啜飲一杯沒有妳影子投射的咖啡
去想像是妳親手研磨的情境
無論烘焙的深淺如何
總覺得有一股苦澀中的甜蜜
雖然是妳順手溫柔的撥弄
滲雜著莫可名狀情愫的聯想
我便沉緬在無可自拔的深淵裡
剋星般的妳
無預警的闖入我靈魂的邊界
企圖用一種無法言傳的哀的美敦書
迫我解除武裝
在雙魚溫柔霸道的攻勢下
我甘願作一個不抵抗的投降者
縱永世不得翻身

難道David是個雙魚男？

David用詩句記下瞬間感動與內心世界，再用琉璃煅燒保存起來。用火和顏料將瞬間感動永存，這是更深層是靈魂深處穿越時空的對話：穿越時空的愛戀這本詩畫冊，記載了一個極度浪漫的人做的極度浪漫的事。

怡然自得於詩畫情境

高雄市新聞記者公會理事長

馬道明

　　孫吳兄已出版了超過十本詩集、小說，包括《非人間》，當然算是多產詩人啦！令人欽佩的是，從未學過畫畫的他，輕手捻來，不到一年之間，竟然創作百幅的畫作，且每幅作品都和每首詩詞相互爭寵，讓欣賞的我沉浸在詩與畫的情境中！

　　其實不能把日常生活咀嚼玩味的，都是與藝術無緣的人們。真的藝術就在詩裡、就在畫裡，怡然自得的沒有幾人，孫吳兄算是萬中選一。他的畫作中，色彩簡化，賦于平常事務的格調，總會引發人恬靜與休息的聯想！欣賞他的詩再目睹他的畫，應當可以讓腦子或想像力得到休息。

　　詩的精彩就不多提，但他的畫乍看之下是屬於古典的寫實派畫風，細節上有真實感。但孫吳先生所畫的主題，又顛覆了寫實派的保守思考，欣賞之餘又有新的發覺，畫中偶有衝突性，也可歸類為印象派筆法，以上純屬個人想法。

　　2021年元月份，將在高雄文化中心展出孫吳先生的百幅琉璃畫佳作，諸君好友書迷們，如想一窺孫吳兄的內心世界，他的作品中會透露端倪，別忘了欣賞去！

以藝術綻放生命彩光

民視南部中心經理

黃揚俊

　　我們大家敬重的老友美冉型男孫國祥，不斷超越自己，又有令人驚嘆亮眼的創作！

　　一般人的興趣或許有很多，專長也不少，但能將興趣和專長結合精進，甚至昇華到藝術的境界者，真是寥寥可數。高雄媒體界的大哥，也是企業界CEO前輩的港都電台副董事長孫國祥副董，就是這麼一位勤奮不輟，多年浸淫在寫作創作詩集當中，又不斷創新求變，內涵多元豐富的文采作家。

　　孫副董出版了豐富的小說、詩集，充滿了人文的觀察和感悟，更有人間情感和愛情的動人描述，有悲有喜有酸有甜，每每拜讀，友人最常問他的問題是，夫子真是情史豐富，都是自身體驗嗎？只見他咧嘴笑開，銀白色的鬍鬚隨著笑聲顫動，似乎歲月的的記憶都在笑聲中一閃而過，當然很多是別人的故事，人生的閱歷，互相加乘，更加精采豐富。

　　記得去年十月，孫副董在他的LINE當中，傳來的最新的創作，看來像是印象派的抽象畫作，但質感特殊，經放大細看，才發現是畫在玻璃上再經過精心燒製的作品，當下真是相當驚豔，讚嘆老哥哥真是精力充沛腦力無限，這是他最新嘗試的琉璃畫藝術。

　　藝術家孫吳從2019年十月二十日開始創作琉璃畫，作品一號〈淡海暮色〉夕陽與海平面即將吻別，是歸航時刻。辛勞和汗水此時已然揮別向晚的燦爛，跟即將燃起的漁火共映……，畫作立體色彩明豔，

靜靜欣賞，寧靜深沉，雖是結束似乎又蘊含著每日新生的開始。

作品二號的〈初秋風雨中的殘荷〉初來的西風挾著秋雨，吹散了荷的寄情，將遲暮的粉紅花片，亂紛紛地飄飛了……。揮灑俐落的筆觸，展現的不只是出淤泥而不染，更有紛亂世道中的堅韌挺拔，在人生凋謝前努力地綻放生命。

琉璃創作和詩詞結合，讓人動容，感觸更深，不禁讚嘆老哥您真厲害，佩服您的精神，他竟然說從沒拿過畫筆，信手拈來就是鮮豔豐富行雲流水的創作，加上功力精湛的火候控制，讓作品展現多層次的美感。

從2019十月到2020年九月，已經完成一百幅的目標，創作的彩筆沒有停下，抽象畫風裴變，更觀察人間風情，小小的角落變成令人動人的畫框風采。

問他，何以有如此豐富的文采和創造力？他戲稱怕得老年癡呆症，哈哈，好吧，我可以接受！也預祝他下一個開琉璃畫展的夢想目標，順利成功！

一幅目迷五色的自畫像

文藻外語大學傳播藝術系系主任

知名紀錄片導演

蔡一峰

　　霜降季節，芒花盛開，一幅高屏溪賞芒的畫作，竟燒出北越下龍灣的景色，令人嘖嘖稱奇，孫吳醉心於琉璃畫的創作，即在於它不可預期的窯變性，每每有無法預料的成果。他的第一次創作畫的是淡海暮色，經過多次重新塗料再窯燒，終於燒出滿意的成果，這次的成功讓他有信心在琉璃畫的領域中繼續創作。

　　和畫家結識甚早，當時我在新聞界服務，知道他是電台名人，同時頗富文采、是位情詩作家，也是我文化學院的大學長，只是沒想到他能畫畫，而且還要開畫展。很榮幸受邀拍攝他作為畫家身分的紀錄片，並受囑咐為他的詩畫集寫序，雖不敢當，只得勉力為之。

　　訪談中明白他之前並沒有作畫的經驗，才一年時間卻完成近百件作品，令人驚豔不已。他沒學過畫不會技巧，畫作中蘊含着樸拙的自然特色，似乎更引人入勝。

　　起初他不經意畫過一張自畫像，最近琢磨著再畫一張，走過70多個年頭，如何面對自己的初老，是畫家的重要課題。引用蔣勳老師的文章：「走過許多虛浮繁華，目迷五色，創作者最後面對的卻一定是一張誠實的自畫像吧」。

天生才華　揚溢不凡

情歌王子
攝影家

王建傑

　　一直以來⋯⋯對於才華洋溢的人，深感佩服與讚歎！該怎麼來形容這位令我敬仰的大人物呢？

　　他有一頭銀灰的頭髮與性感的大鬍！記得多年前未與他未熟識前，覺得他有一股威嚴與大帥般的魅力！當與他有了交集之後，就會深深被他的智慧和幽默平易近人的態度所吸引！他的正能量如同自己兄長一般，讓人有一股安心與沉穩！大哥的口才及文學造詣在廣播界、出版界也樹立獨特的風格與口碑！

　　特別感恩前幾年，我辦了一場攝影作品聯展，大哥辛苦又大方為每幅作品寫上詩詞！為作品增添文學色彩，圖文並茂。讓攝影展呈現更深入的意境！贏得滿堂喝彩⋯⋯

　　與生俱來的才華是隱藏不住的，大哥這一年埋首琉璃畫創作，獨特的畫風也吸引了我與普羅大眾。不只吸睛的風格，也把人帶入畫裡的情境！在動盪不安的世界局勢裡，著實也讓人暫時忘卻人性的貪婪與現實！

　　這次我敬愛的大哥，要呈現是和以往不同的～詩詞與畫作結合。

　　更祝福未來大哥的大作名揚國際，我衷心期待與真心推薦～

　　「詩情・琉璃心・孫吳也詩畫集～穿越時空的愛戀」

率性揮灑詩中境

建安雅集古美術負責人
高雄國際工商經營研究社第42屆社長

謝立林

　　孫吳兄的文采眾所皆知，出版的詩集屢獲好評，民國101年立林在高雄國際工商經營研究社（IMC）社長任內特邀孫吳兄在高雄圓山飯店舉行專題演講，現場坐無虛席，160多位出席社交友意猶未盡……

　　近年孫吳兄多了一項嗜好—琉璃畫，以玻璃為底材，彩繪後再進行窯燒，每當有新作，便拍照與我分享，作品看似率性揮灑，然蘊藏其深厚美學涵養，用色大膽沒有科班匠人的拘泥，件件絢爛奪目，蓋因高溫出窯，可謂熱情如火。更值得一提的是每一幅作品，皆有一首詩來呼應以表達其創作靈感，達到所謂「詩中有畫，畫中有詩」之境，天縱之才，莫不欽羨。

　　孫吳兄是知名港都電台事業集團的副董事長，平時工作十分忙碌，但一有時間，便趨車前往工作室創作，得知即將籌辦畫展並出版畫冊詩集，除了向他表示祝賀之外，也為他高興，故樂為之序。

詩畫帶來滿滿感動

塘麗莊瓷器公司創辦人

許憲同

　　跟孫老師認識是在他西班牙詩抄一百首新書發表會，讀了這本書，我在他的作品中強烈的感受到生命的脈動，使得我對這位暨能成功的經營企業，又是藝術家創作心靈的儒商，格外佩服。

　　因為喜歡孫老師的創作，我們約定用當時還沒發表的「科研陶瓷技術；非塗層TKP不沾瓷」，將描述孫副董從商生涯的一首詩〈美麗與哀愁〉做成全球首發的一百個TKP紀念文創瓷盤，以此做為對孫吳也老師的尊榮，將其文創史留傳做永久的見證。

　　人們對創作的需要就是心靈的渴望，欣逢孫老師在一年內再度創作百首詩和獨領風騷的琉璃畫，出版《詩情・琉璃心・孫吳也詩畫集～穿越時空的愛戀》，大量創作的能量令人佩服！

　　在經營事業的同時又能發揮潛能，不斷嘗新創作，達到登峰造極。

　　推薦讀者好好欣賞這本充滿詩情又有生命毅力的詩畫集，必帶給你滿滿感動和佩服！

　　人生，不卡住，永遠有新心！孫副董的創作靈感源源不絕猶如神筆在手，令人讚賞！

圓夢

琉創工園總監

陳宗漢

　　與孫國祥大哥認識已將近20年時間，在認識這段時間中，看他從一位管理者到廣播者，進階到詩人與舞台戲劇表演者，展現出多方面才華天分，讓周遭的朋友為之驚嘆不已！

　　去年十月，因朋友邀約，預計舉辦玻璃藝術聯展，特別邀請孫大哥一同來參加。因之前孫大哥經常有種遺憾，年輕時夢想成為一位畫家，為了要圓他一生的夢想，特別設計琉璃畫創作技法，先以彩釉釉下彩850度高溫燒製，後續再以高溫染料後製，經過一個星期的作業時間，呈現出色彩重疊立體視覺效果，又因孫大哥以詩人畫家出身，不受任何學院派與玻璃技法所拘束，用色大膽的畫風，展現出獨樹一格，深受大眾歡迎，終於圓了年輕時代的夢想。

　　如今創作數量已超過100幅作品，每一幅琉璃畫仔細去觀察，都有不同的內心感動，特別挑選100幅精美作品集結成冊。作為喜愛創作藝術的朋友，深深地感到振奮與期待；作為孫大哥的朋友則倍感榮幸與驕傲。

穿越時空的老靈魂

心創世界藝術總監

江風荷

孫吳也老師常常分享他是A型雙魚座，性格多元化。有時，看似霸氣內心卻溫儒；有時外表風平浪靜內心卻暗潮洶湧；時而幽默；時而冷漠；時而溫煦如春風；時而堅強如大樹，日月都在他的心中。剛柔並濟的雙魚性格，如日月陰陽，一體兩面，相互對立又依存，使得孫吳也老師展現多個面向，充分發揮才華洋溢的性格，不斷創造新的里程碑，令人嘖嘖稱奇。

孫吳也老師很喜歡跟新朋友分享〈阿難的石橋故事〉。

阿難對佛祖說：我喜歡上了一女子。佛祖問阿難：你有多喜歡這女子？阿難說：我願化身石橋，受那五百年風吹，五百年日曬，五百年雨淋，只求她從橋上經過。佛祖稍一沉吟，問阿難：五百年的寂寞，不後悔？阿難說：不後悔。佛祖輕嘆一聲：那你去吧！阿難如願化身成了那座石橋，經歷了風吹、日曬、雨淋。阿難，某日等那女子從橋上經過，那也便只是經過了，此刻已化身成了石橋，注定只與風雨廝守。

這個悲悽的愛情故事，還曾經令一個學員感動得淚流滿面呢！

孫老師的創作裡，強烈對比的色彩與不設限的線條裡，我看到了穿越時空的老靈魂裡的美麗與哀愁，尋尋覓覓愛的歸宿。但是念頭一轉，原來天生就是一個創作者，一個想像力穿越時空的創作者。因為他真正的愛戀，是穿越古今中外幾億年的老靈魂，摯愛五千年中華文化，漂泊哀傷為中華民族的老靈魂。

很多人說他是「李白再世」，詩人的靈魂使他大量創作詩詞，從量子粒子或靈魂不滅定律裡面，而我卻發現他的阿難情懷，不只是愛情，而是靈魂歸宿的追尋。

　　他彷彿帶著一支靈筆穿越時空的愛戀，從友情、親情、愛情、國家之情……，已經在詩心琉璃畫中爆發出亙古的意義：

　　靈魂穿越時空的追尋～愛是唯一的答案。

　　也恭喜孫大師2021年在台灣個人首展後，七月將在日本大阪參加台日藝術家聯展，並與台日五十位畫家共同出版英文版「美術誌」，行銷歐美，揚名國際。

我的新桃花源～琉璃畫

　　2019年十月中旬，受邀到美濃與玻璃界的藝術朋友聚餐，會後齊到大社友人陳君的邑昌玻璃藝術工廠茶敘，歡聚之餘，提到琉璃作品聯展一事，會中友人們亦邀我一同參加，但因我只是幫助他們的作品填詞作詩，狗尾續貂，故辭謝之。

　　但好友邑昌老板陳君力邀，我亦可用作品參展，我回應：你們都是有幾十年經驗的藝術工作者，我怎能與各位競爭。

　　你可以作琉璃畫啊！

　　但我沒有受過繪畫訓練。

　　不過你已經寫作二十多年，也出版了十本作品，有基本的素養，不妨試試看！

　　在陳君的鼓勵下，勉為其難的畫下第一幅作品，但用什麼來作題材呢？

　　左思右想，突然想二週前到台北淡水海濱攬勝，欣賞黃昏時刻，夕陽在海平面上燦爛無比的景色，遠處有漁舟歸航，一時陶醉，不自覺的用手機拍攝下來的美景。

　　於是我就決定畫這個鏡頭，在作畫之前，先寫一首詩，定名為〈淡海暮色〉。

　　在陳君的引導下，用釉料在玻璃上把理想中的景色畫出，雖然是第一幅畫作，沒有繪畫老師指導下，靠自己對色彩的想像，大膽用色，初稿完成後，自覺不錯，但陳君卻當頭棒喝：要經800度煅燒後，方能見真章，窯變是不能預料的，所以沒有人願意從事琉璃畫。

我不覺氣餒道：你拿我當白老鼠？

陳君不置可否表示：吉人自有天相。

三天後看到傳過來的初燒圖案，不免失望透了！

但還是趕到工廠去看個究竟！

一看初燒作品，果然大失所望，原本期待蔚藍大海的色澤竟然是紅色的，有些不知所措，於是決定放棄繪畫創作的興趣，但我不死心的是明明我用藍色的釉料，為何出現不一樣的顏色，失望之餘也不去探討了，我立刻另寫一首詩，定名為「赤地千里」，改為沙漠景色，但那條漁船如何處理？沙漠之舟是駱駝，不能改變，只好另外設法了。

這時陳君告訴我，他也百思不解，為何有如此的變化？

於是他說：我們換顏料在原來的作品上再繪製，我在死馬當活馬醫的心態下，再度執筆。

竟然皇天不負苦心人，再製後的琉璃作品是出意料之外的滿意。

於焉，從2019年十月二十六日起，迄2020年九月二十二日，竟然完成了一百幅作品，讓我的生命有了第二個春天，並蒙民視作專題訪問，好友們也協助編輯詩畫冊，定名為《詩情‧琉璃心‧孫吳也詩畫集～穿越時空的愛戀》，更協助邀請名導籌拍紀錄片。

在此感謝所有協助我創作琉璃畫的朋友及機構，更感謝高雄市文化局特邀我參與文化中心的展出。

► 記一段藝術血脈的伏流

特立獨行的童年

回想六十多年前，我小學的時候一到四年級總是名列前茅，卻總得不到家庭的鼓勵和支持。因此我必須自己設法賺點錢作為零用金及貼補些生活費。因此我常常會利用星期假日跟鄰居的小朋友一起到剛收割後的稻田摸田螺。雨天過後的稻田中田螺很多。有時候一個下午可以摸個五、六斤，第二天一早就拿到菜市場去賣，那個時候一斤大概可以賣六塊錢，一個禮拜我可以賺個幾十塊錢，成為我下一週的零用錢及部分生活費。我的童年就在這樣半自食其力，沒有獲得家庭足夠感情和金錢支持的痛苦中掙扎著。

我小學的時候一到四年級功課都非常好，但是呢！我的確是一個不愛讀書的孩子，當時小學有升學班和放牛班，五六年級時，我為了不想要繳課後輔導費，於是就選擇的放牛班，每月可以省下十塊錢的補習費。在放牛班的學習中，我也都是選擇打低空飛過，因為放學四點後就可以去玩，升學班要留到七、八點。然而在畢業的時候，我是唯一考上第二志願的學生，還回到學校接受表揚，令大家刮目相看！

我從小就是這種獨立特行，不願順從權威的叛逆孩子。雖然以小聰明不讀書也可以考得還不錯自許，但是一到初中就沒有辦法了，成績開始漸漸向中間移動了，不過初中的時候，還是有讀點書但大都是課外讀物。

文青風的少年行

上了初中，開始有點傾向文青的感覺，喜歡寫一些文章，最主要是散文。

那時候國文老師所出的作文題目，我覺得蠻得心應手的，因此我寫的文章都很受他稱讚。有一次我寫了一篇〈我的故鄉〉，以很感慨的心情去寫，他覺得寫得太好了，可能是抄來的，他很不高興地重新出一個題目讓我再寫，結果寫的還是非常出色，國文老師就說：「你的國學程度很好，你應該可以在這方面多努力。」

因此我在考高中的時候，以國文、歷史、地理優秀的成績考上了建中。剛開始渾渾噩噩的，覺得頗為意外，一考上高中去學校報到的時候，就被叫去台北市警察局的少年組輔導，因為初中的時候，愛打架組織了幫派，所以每個禮拜都要去少年組報到，少年組的組長叫魯俊，當年是赫赫有名的太保剋星。後來為了自立生活就轉學到夜間部讀書，由於想及早換個環境，規劃高中畢業之後就去考軍校，轉換到另外一個新天地。但是父親跟我說我們家族裡面沒有大學生，你就拼一下吧！

我就利用考前了一個月很努力的讀點書，就考上了「最高學府」—在陽明山的文化大學（當時叫文化學院）。

文化學院涵養藝文情識

由於爸爸經商失敗，所以我很不願意念商業科系，於是選擇外文，就到了法文系。剛進入法文系的時候，全班大概有五十個人，畢業的時候只剩下十幾個。考進法文系的時候，非洲約有幾十個法屬邦交國，等我畢業的時候只剩下個位數跟我們有邦交，外交官的夢也斷了。

原本想去法國學畫，很多人說做畫家會在賽納河邊餓死，我心想算了！就去找份工作做吧。

而畢業之後找工作也是我人生的一個轉折，非常的心酸坎坷的轉折。

在談到大學畢業當兵還有找工作的這段期間，我也不得不分享大學「由你玩四年」的精彩生活。

剛進入大學的時候覺得一切都是新鮮的，但是我也不得不為生活顧慮，不想要讓家裡有過重的負擔。但在山上要打工很不方便，那個年代要半工半讀也很辛苦。雖然那時要考上大學非常不容易，十個才取一個，而我選擇的科系要找工作也是非常的辛苦，只是剛進大學也沒有辦法想那麼多，因此我只能過著窮學生的生涯。

　　我住的宿舍四樓頂樓上有音樂系的琴房，每天早上都被悠揚的琴聲喚醒，也因緣際會地認識一個音樂系的女孩子。在大學一年級的時候就有一段美好的感情，後來因為誤會而分手，在大四的時候我當了華岡青年社（校刊社）的社長我們重新在一起，後來又因故分手了，這段感情一直在我的生命中留下深刻的印象，誰知道我七十歲的時候，在網路上看到這位我心儀的女人因為癌症過世的消息，非常的難過，她的存在是在我的一生中佔有很深刻的回憶。

　　提到寫作這個部分，在我高三的時候作家教，認識一個女孩子是我學生的姐姐，兩個人還蠻談得來的，就是她啟發我寫詩的靈感來源。

　　A型雙魚座的我就是比較浪漫，當時我很迷戀著歌德的《少年維特之煩惱》的劇情，在那個年代因為沒有多餘的錢也就沒有什麼不良的嗜好，只能多看一點世界文學名著，要不就做做「少年維特之煩惱」的美夢。單相思啦，喜歡某個女孩子。

　　那個時候台北植物園裡也是我流連忘返的地方，看到穿著綠色衣服的女孩子就是北一女，經過的時候就會過去搭訕。人不風流枉少年，這是非常快樂的回憶！

　　在大學時代接觸了法文，雖然我法文學得不怎麼樣，但是世界文學都涉獵了一些，卡繆、沙特等等的存在主義還蠻影響我的思想和創作，我在大二的時候寫了第一部短篇小說叫做《茶與同情》。就是深受卡繆《異鄉人》的情境影響和感動。

　　《茶與同情》用第一人稱敘述跟大學的女同學戀愛，失戀之後，到海濱去散心，在附近的茶室，看到一個女孩子跟我失戀的女同學很

像，我就不知不覺地進去了，坐下來聊聊天，發現雖然那個女孩子面容很像但是言語粗俗，內心感到非常的失望，但還是邀請她到海邊去散步。

但她一副風塵女子的樣子冒犯了我，當夕陽照在我的太陽穴上，刺激自己有點抓狂，一股憤怒爆發下就把她掐死了。

那個過程就好像卡繆《異鄉人》的情節，也因為這篇小說被登載校外的一篇雜誌上，因而被學校聘為校刊社的社長。當時我所約聘編輯團隊的成員後來他們在社會和文學上都非常有名。

在大學時因為我參加了很多學校的社團，寫作協會、登山社、詩社等等，真的是大學由你玩四年。所以後來當兵完後還需要重修才能畢業，對我來講是非常痛苦的，等到重修完畢才能去找工作的時候，我很多同學都已經出國和做事了。

那段慘綠少年的回憶，想起來特別的心酸。

大學重修的時候，我們自己戲稱為「道德重修委員會」，我是主任委員。法文系是很難讀的科系，考進五十個人，只有十幾個人畢業，七八個人當掉重修，我從重修的痛苦中解脫之後，還有兩位同學繼續修，真是煎熬的日子。

陽光錯落下的夢想淚水

大學畢業之後找工作，我寫了一百多封信，由於我不喜歡從事業務工作，都找內勤的工作，但是一封回函都沒有。

不過那個時候剛辦直升初中，恰好需要大批的師資，我為了要得到這個教職工作機會，就只填了離島或高山的學校。

後來澎湖某一個離島通知我錄取了，要我回函，我就寫明信片過去。結果等到十一月都沒有消息，打電話去詢問，學校說你都沒有回訊，我們就另外聘人了。我就去瞭解原來明信片掉在某個郵局的桌子的縫隙裡，心想就算了，心情很不好跑去西門町看一場電影。看完電影大概下午四點多，十一月的天空，陽光從淡水河畔照過來，我突然

悲從中來，就在西門町的圓環跪下來發誓：我十年內要當總經理、開私家車，講完之後就嚎啕大哭，經過的人都以為我瘋了。

紓解了我內心的壓力，擦乾眼淚。第二天親自去挨家挨戶找工作。

我在林森北路的一家西餐廳去應徵侍者的工作，剛好遇到了我的小學同學，他本來在淡江後來轉校考上台大外文系。那次有三十幾個人應徵，就只錄取一個人，後來常常在應徵的場合就遇到同一批人，慢慢大家熟了，後來逐漸剩下七、八位，我們就每週聚會一次。我跟我的小學同學想想，一直找不到工作，那也不是辦法，就在台北橋下做臨時工，兩個月之後在迪化街找到了布店的練習生工作，我的同學也在翻譯社找到的工作。

七、八位難友還是會固定聚會，直到最後一位找到工作之後我們才解散，我非常懷念那個年代，大家聚在一起的那種感覺，現在除了我和小學同學外，其他人都煙消雲散了。

迪化街唯一帥氣少年家

在台北橋下做臨時工的期間，我經過迪化街就看到布店在招練習生，進去應徵的時候，他們認為我年紀是否太大些了，問我是什麼學校畢業，我就說「建中」，應徵我的執事先生說好，那明天就來上班，因為他也是建中學長。

當練習生就是掃地、擦桌子、客人來倒茶、寫標籤布。

當年迪化布市有很多染整廠，許多從台南及中部北上的布商，買了白布到染整廠染色，如果染色的布成為暢銷的話就是「Hito」，可能兩三萬塊買的布就可以賣到幾十萬。如果不「Hito」，可能幾千塊就要切貨賣掉，也就是虧死老本。

為了慎重起見，都會詢問他人意見，他們常常就問我說：「小孫啊！你認為這塊顏色如何？」十個人大概有七八個人問我意見後的結果都「Hito」，最後那些布商賺到錢都會買些禮物或包個紅包來送給

我，我就將禮物分享給同事。老闆就問他們為什麼要送禮物給我，客人就說：「你們小孫對顏色非常有一套！」客人十分推崇我，老闆就說我跟客人關係這麼好，乾脆就升起來當業務。

那時候我常常要到台南、彰化出差，有一次台南布店的老闆還要介紹他的女兒給我，條件是入贅。我就想小子無能怎麼可以改名換姓，就婉拒了。這也是我布市工作的一個小插曲。

意外的外商總經理

後來升為業務經理又調到染整廠當廠長，做了一年多剛好遇到教育召集，那個時候認識了一個朋友，告訴我說舒潔衛生紙在招人要不要去試試看？

我就去試試，當時是三十個人取一個，我記得在中山北路的二樓。一進去，很多人手上都拿著China Post及一些英文雜誌，而且一兩個人還用英語在對話。我心裡想：算了，沒有希望了。就離開，哪知我走到中山北路和南京東路的交叉口，剛好碰到紅綠燈，看到一部林肯車，車身很好看，但是裡面怎麼都沒有看到人駕駛？往裡面仔細一看，是一個矮矮胖胖又禿頭的老人在駕駛。我心裡想：這種人都可以駕駛林肯進口車了，那我為什麼不行？！又回想到我曾發誓要做到總經理、開私家車，我就又走回去面試，還好還沒輪到我。

等到輪到我的時候，那個外國總經理面試，用英文問了我十個問題，老實講，他問的話我都聽不懂，但是我看他的表情，就回答說Yes! Of corse! No problems!

我是最後一個，結束就要走了，下樓走到路口的時候，一位秘書就喊著說：「孫先生，等一下！等一下！老闆問你什麼時候可以來上班？」

我在想怎麼可能是我呢？

「下禮拜可以！」

後來去上班之後，我因為英文不好不想跟老闆正面接觸，我一早

到辦公室打完卡就溜了，就到市場、百貨公司做市場調查，接訂單，工作之餘我還補習英文，非常辛苦。

一年之後，我問那位總經理秘書，老外為什麼當年要錄取我？

她就幫我問，老闆說：David，這個小伙子很有自信，回答都非常正向的，很有衝勁，我就錄用他。

於是我就很僥倖又傳奇的得到那份工作。

在外商史谷脫公司第二年我就升級做副理，第三年就做市場企劃部經理。

我剛升經理的時候，正好是聖誕節的前夕，我就帶著部門同事一起去之前應徵過的西餐廳慶祝，那天晚上很特別，摸彩我摸到了頭獎。

頭獎是一組咖啡杯和咖啡爐。幾經波折這組咖啡杯還剩一個，我留了五十年。

回想當時應徵餐廳侍者過程的那種辛酸，我就寫了一首詩〈我沒有背景只有背影〉，懷念的詩句。

幾年之後，我在Marketing界已經小有名氣，輾轉有人介紹一家化妝品公司，就是蘭麗綿羊油，缺少副總經理，推薦我去應徵。並且告訴我說他們三個月就可能換一個副總經理，汰換率非常高，問我敢不敢冒險。

然而我心裡有數，那時候已經拿到七喜汽水駐台灣總經理的聘書，所以我也就大膽的去做三個月看看。

我一去發現這是家族事業，總經理對我非常好，我們簽了一個很奇怪的約，他不能解雇而我可以隨時走。在那段期間我改善了他們的通路還有倉庫的狀況，三個月之後我不得不離開。

因為七喜那邊在等我，不然就得放棄，而父親剛好過世，我想要轉換一下環境，於是我提出辭呈，總經理不忍心我的難過，在喪禮上帶著全體同事去悼念我父親。而我也將在七喜的聘書在父親的墳前焚燒給他。

到了七喜是一個新的挑戰，因為當時的白汽水黑松是佔了市場90％以上，七喜大概2～3％，我一去就開始做市場調查。

說起進入七喜公司也算是個奇蹟。當時有七個人競選，我是第七個人。他們前面幾位都有飲料的經驗，而我沒有，大部分我們都相識。

當中有人說：David，你來幹嘛？你衛生紙碰到汽水就掛掉！我說：哪有這回事！

心裡本來想算了要走，後來想想還是留下來試試看。

洋人的面試官重視的是「Honest誠實」。

他問我說：七喜Seven up在台灣有機會沒有？

我說：沒有！

你看過我們的CF嗎？

我說：沒有！

而其他的人都說很好、很好，有、有。

他們需要有一個誠實的人來幫他們監督台灣的經營，於是我就脫穎而出獲聘了。

原本我還想展現我的英文程度，沒有想到他只問我兩個問題。

當時錄取之後，我就先到蘭麗綿羊油工作三個月，三個月之後他們催我上任，成為台灣七喜的President。

我第一天上班進入辦公室，掐指一算，距離我當時發誓要當總經理、開私家車剛好九年半，距離我發誓十年要當總經理、開私家車剛好提早半年。

我就請我的秘書去買一面鏡子，拿起我桌上的茶杯丟過去，鏡子碎了，我也嚎啕大哭，十年了我的夢也達成了！

做了總經理之後，當然要面對現實，就必須要有點貢獻。當年七喜汽水和黑松汽水之間的市佔率個別是2％跟98％，是十萬加八千里，所以不得不採取一個策略，用我的英文名字David，執行「King David

Planning」，大衛王計畫～象徵牧童大衛要對抗巨人歌利亞。

　　運用市場調查、廣告、造成耳語相傳，變成一年之後，業績六倍成長，從2％到12％。我也受到國際七喜公司的獎勵，到美國去受獎。美國單位問我還有沒有機會再成長？我說不容易，我們拿到這樣子的成績，已經是不簡單了。往後六年就維持在市佔率十幾個百分比左右，變成感覺無所作為。六年之後七喜公司被百事可樂併吞，很多人都準備離職。我當時也準備離職，也有其它公司來找我。經過一番口試我也到了喜年來公司。

　　百事可樂亞洲總部要來跟我辦交接的時候，希望我繼續留下來。所以在那一年我得到兩家公司的許可，同時在兩家公司擔任總經理，那大概是我最風光的時候。但是那真的很辛苦，一天分成兩個時段，上午在某個公司，下午又在某個公司，出去演講掛的是雙公司的總經理。一年之後我實在是覺得壓力太大就請辭七喜，全心投入喜年來。

　　喜年來已經有點底子，豐群公司來接的時候喜年來是在最低潮。我去的時候就開始改包裝和CF，改經銷制度。喜年來蛋捲當時已經非常知名，但是還沒有到達最茁壯的時候。我覺得有很大的成長空間，所以決定擴大它的市場，我發現回娘家是個很好的時刻，蠻重要的節日。如果那一年景氣特別好的時候大家都會買洋酒或咖啡禮盒好一點的禮物回娘家。如果景氣不好，就簡單一點的禮物，喜年來蛋捲就剛好是在這之間。我就把包裝的鐵桶改成花式可手提的，然後要求所有的業務經銷商，在高速公路下交流道的地方擺地攤。他們車子下交流道的時候，看到兩邊都是喜年來蛋捲禮盒攤位，大家就停下來買一盒200～250元，喜年來一下子就紅起來了。

　　在喜年來除了市場的策略，還有就是工廠的部分，一個做飲料一個是餅乾，兩個廠合併，多出的員工優退。但是這些熟練的員工，在每年十月到第二年的二月是旺季，以加時薪的方式請他們回來，因為他們是熟練工人，故產品損耗率低。當時喜年來蛋捲的口碑佳就在市場上成為知名且獨一無二的品牌。

但是我每年壓力很大，因為業績要不斷的提升，如果中秋節、過年掌握不住，那一年就是白做工，壓力真的不小。

有一年我讀到一本書《如何在50歲退休》，我就毅然決然的退休，當然我還保有喜年來的一些股份，表示我對這個公司的懷念。

五十歲的廣播電台新人

當我在喜年來工作的時候，因緣際會的認識了廣播界的名主持人倪蓓蓓小姐，因為廣告業務的接觸，彼此很談得來。她說她要創業成立廣播電台，起初是在台北設立，後來因為一些合夥股東有問題，另起爐灶，就在高雄成立「港都電台」。

後來我考慮提早退休，倪小姐前半年因為策略問題，經營困難，於是邀請我一起在港都電台合作，因此我就提早退休，離開工作十年的喜年來公司到港都電台，一起群策群力的把電台經營起來。

當時我還住在台北，每天早上要搭乘六點半的遠東航空公司首班班機到高雄小港機場再轉車，到辦公室大概八點多。

當時高雄對我而言是個人生地不熟的地方，

廣播事業對我來講也是一個另外的領域。

電台剛成立半年，人事也是新的，我在三種新環境、新事業、新同事的壓力之下，那真是一個全新的挑戰！

當我開始翻閱公司的業務狀況時，發現公司的的節目全部都是外包給時段經營者。

早上的節目會攻擊下午的節目，也許是因為同屬一種類似產品的競爭關係，我覺得公司沒有自己的定位。同時我也發現業務的情況不好，廣告業務也不佳，每月大概只有一二十萬。後來我們決定節目全部收回，業務重新改組。節目部門就由倪小姐全部自己操刀，我就專心放在業務經營管理方面。倪小姐每週來高雄兩天，我每天都要從台北到高雄，發現業務是公司的經營根本，業務沒有掌握好，公司很難

生存。所以我決定要重整業務團隊。我每天從台北出發到高雄，八點多就到辦公室，但是業務大爺們九點十點多帶著燒餅、饅頭、豆漿、吐司、麵包，姍姍而來。業務沒有紀律是不行的，我就學商鞅變法，跟大家約法三章，業務同仁八點半一定要到辦公室，一個月遲到三次就開除，不管背景是否是皇親國戚。一個月過後，果然被我開除了三個業務主管，後來我跟留下來的業務同仁說，你們都升級了，現在我們要集中力量，一齊努力。然後我也改了幾次的業務制度，業務制度改變後薪資提高，大家士氣大振。我鼓勵大家，如果那一年我們的業績達到五百萬，我就推著餐車戴著廚師帽，親自切蛋糕、端咖啡給大家，那一天有什麼委屈你們都可以指著我的鼻子罵。果然兩年之後我們的業績達到五百萬，但是大家那一天都沒有罵我，大家開心的不得了。

後來我們繼續努力，再經過三年我們的業績突破一千萬，於是我們就包遊艇請全公司同事遊高雄港開派對。這是我在港都非常開心難忘的一件事！

從小我心裡對從商是排斥的，不喜歡做生意，

即使我經歷過很多公司的薰陶，但在學理上覺得不足的，所以我就去考中山大學的MBA企管碩士，原本是要報名在職進修的EMBA，沒想到報名表的錯誤，就誤打誤撞辛苦的讀完了企管碩士。我的畢業論文就是寫「連鎖電台的經營」，我們公司也從一家變成五家的聯播網，全台灣有五家電台：高雄港都電台、台北好事、台中好事、花蓮好事及高屏南方之音。

從一家電台到五家電台，全體同仁群策群力一起打拼，我那十年，真的是拼命的十年，就像我剛出社會，發誓十年要做到總經理的那樣拼命是異曲同工的。

在高雄十年的努力，事業擴展和學業提升都有一個階段性的成果。

在我個人拿到碩士學位之後，我也開始鼓勵我們的同事進修，後

來我們同事也有五、六位拿到碩士學位，目前還有人繼續攻讀博士，這也是我值得驕傲的地方，不僅獨善其身也能兼善天下。

當從自己主持了港都的節目開始，認識了一些藝文界的朋友，也因緣際會的開始寫作，我第一本書《孫吳情愛詩集》。我除了寫詩，也在台灣時報、工商日報寫市場專欄，生活非常充實，可以說是多采多姿了。

同時我也在電台製作了一個靈異節目「港都夜譚」，是農曆七月我利用一個月的時間寫了二十六篇短篇小說，每天早上八點半到辦公室，寫到中午十二點，大概三、四千字，然後下午兩點鐘開始錄音，錄音後由同事後製，晚上十二點播出，一播出後非常好評，整整一個月，除了週日之外每天播出。

第二年他們說要我再寫，我就寫不出來，把錄音帶拿出來再聽，於是就寫出了首部靈異小說「非人間」，後來在八寶網路電台有重播。

2019年也以一個月寫了《魅幻人間》第二本靈異小說。

最值得一提的是我到西班牙旅遊十天，我因為腳不方便，當朋友們去逛街的時候，我就坐在咖啡廳寫了一百首詩，後來翻譯成英文和西班牙文，成為全球首創同時有中文、英文、西班牙文的詩集《孫吳也西遊記：西班牙詩抄一百首》。新書發表會那一天，就賣了將近一千本。各大網路書店都有銷售，這也是我文學創作上一個新的里程碑。

我就是那個西楚霸王也

因為寫作及主持節目的關係更認識一些演藝的朋友，其中有舞台劇的導演，就邀請我演舞台劇。

第一齣舞台劇就叫做《霸王卸甲》，我就是演西楚霸王。

我從來沒有演過舞台劇，要背台詞對我當時的年紀來說真的相當辛苦，但我還是勉為其難，回到家，睡覺前、起床後，都會各背一

次，「輸人不輸陣」，我也不想丟臉，就盡力而為吧。

在演這一齣戲的時候，我有一個很特別的經歷。在演跟虞姬分開的時候，導演希望我用哭腔表達，可是我根本不知道什麼叫哭腔。可是正式演出，就在大雪紛飛跟虞姬道別時，我身體忽然一抖，好像有什麼附身一樣，突然哭腔喚出「我回來了」，那一霎那，台上和台下被震撼感動，全場一片肅穆。

後來導演跟我說我演得實在是太好了，大家都很感動。

我才知道哭腔是怎麼一回事，後來幾場全省巡迴演出都非常的順利。

最後導演也特別為我們量身訂作一部舞台劇《頻率983》，也巡迴演出了二十幾場。

而後劇團的一個團員自己出來組團製作了喜劇《後宮甄嬛傳》，我演酒店的老闆。演戲讓我對生命有新的感受，開拓了我的視野，也開啟我嘗試對藝術發展出不同的生涯，琉璃畫作就是其中一個契機。

順道一提在琉璃畫作當中，我有一幅畫就叫做〈霸王卸甲〉，就是以我的劇照為藍本。

我都是先創作一首詩再作畫，在這首詩中，我有敘述霸王被困垓下，額頭滿的鮮血，但是作畫的時候我並沒有把鮮血畫出來。畫完之後就拍照了，之後幾天發現盔甲額頭流出鮮血，從額頭到眉毛再流到眼睛。

這是我創作琉璃畫當中的一段奇特的插曲。

琉璃畫作誘發藝術天分

2019年十月，我多年的好朋友陳宗漢邀請我去美濃玩，之後回到玻璃廠泡茶閒聊，當中有一些也是玻璃藝術家，就聊起要一起開個聯展。他們就問說：孫副董你要不要跟我們一起參加這個聯展？

我說：琉璃藝術我不懂，我只會幫你們的作品提提詩詞。

我朋友就說：你可以在玻璃上作畫呀！

於是約好十月二十六日，去試試看，他準備好了一些顏料，我也想到了幾個月前在淡水拍的照片，「淡水暮色」並且也為之題了首詩。

　　當時畫完之後，就經過窯燒800度，冷卻一看海顏色竟然變成紅色，像烈日下的沙漠。那時候我非常的氣餒，想說我不是從事這一行的料，算了就放棄吧！

　　我的朋友就說沒問題，我們來補救，於是就再次的後製，用顏料上色，因為第一次對顏色的配搭還不熟悉，但我好像畫油畫一樣的方式，用色大膽嘗試。

　　經過這麼一嘗試，大家都非常驚艷的說，這簡直不「畫」則已，一「畫」驚人！也就促使我產生不斷地畫，不斷地創作的動力。

　　我們當時非常開心的在室內照，陽光下照，發現琉璃畫在不同的光線下折射呈現出不同的風貌，給我很大的鼓勵。

　　從2019年十月二十六日起到2020年九月二十二日為止，我總共完成了一百幅畫。

　　其中有一幅抽象畫是我隨手畫，結果朋友說：孫大哥你有去過這個地方嗎？一查詢對照網路相片，發現與某個觀光風景區十分相似且相似度之高都令我們咋舌！

　　所以這個琉璃畫對我真是一個奇妙的創作，因為琉璃畫需要800度的煅燒，出來之後可能不符合自己的理想，就要放棄，如果不錯就再度上顏料後製，室內室外，白天晚上呈現出來的感覺又不一樣，經過幾個月後顏色熟成又有另一番風味，就越來越好看。讓我樂此不疲，越來越喜歡創作！

　　很多朋友很喜歡，覺得我這種琉璃創作很特殊，我沒有油畫底子，但是用油畫的繪畫方式在琉璃上創作。而且我畫畫不打草稿直接就畫上去，大膽嘗試各種不同的顏色，層層疊疊的加上去，我覺得這顏色不夠，我就再疊上去，用各種不同的混合的方式來表達，我常常

畫了之後不敢確定是否定案，等到出來之後發現有的比我想像的好很多，有的呢可能不如我意。繪畫是見仁見智的，我認為不太理想的，別人讚不絕口；我認為不錯的別人認為不過爾爾。

　　原本我在思考是否用畫布來作畫，然而琉璃畫作的樂趣吸引著我，讓我一直割捨不下。

百幅琉璃畫

詩文專輯。

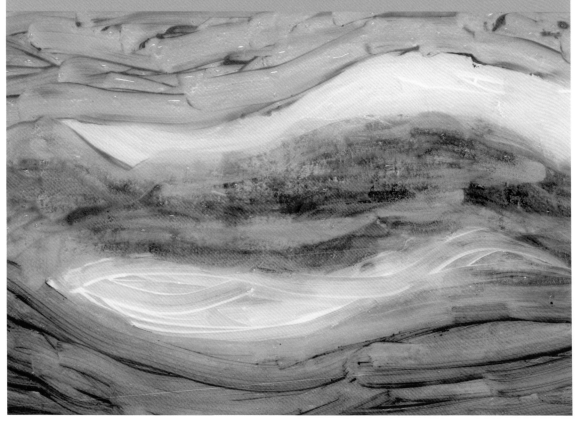

1. 淡海暮色

夕陽與海平面即將吻別
是歸航時刻
辛勞和汗水此時已然揮別
向晚的燦爛
跟即將燃起的漁火共映
不管是否滿載
思歸的心念不變
遙望漁港的小燈塔
已亮起召喚的光暈
岸上的人家炊煙已經昇起
將不再是夢中的縈懷
夜浪襲岸的海潮音
是令人難忘的天籟思念
歸鄉了

2019年夏天的某一個黃昏，因工作有些累，坐友人的車赴淡水通往金山的濱海路上一遊，在喝完路旁咖啡坊的咖啡後，信步走到黃昏的海灘，由於非假日，海灘上寂無一人，夕陽照在海上，璀璨無比，有種感慨，周遭美景雖好，但暮色降臨，覺得不妨用手機將霎那歸於永恆，歸程文思泉湧，成詩一首。

到了同年十月下旬，至大社琉璃工廠拜訪友人，適遇藝術界友人集會，席間討論到用琉璃作品聯展的話題，恰逢琉璃廠主人陳君邀約一同加入聯展，不置可否中，有人準備了器材，在不知不覺中進入了琉璃畫創作的世界。

用一連串的照片作背景，逐漸溶入琉璃作畫的天地裡，淡海暮色就在如此的情境中誕生了，也是我生平的第一幅畫作，不是用畫布，而是用琉璃創作，經800度半日的煆燒，三天的放熱，出爐如初燒成功，則作第二段的後製（二段後製係製作機密，不作詳述，）二燒作品如無敗筆，則可成畫。

詩情・琉璃心・孫吳也詩畫集

穿越時空的愛戀

2. 初秋風雨中的殘荷

初來的西風挾著秋雨
吹散了荷的寄情
將遲暮的粉紅花片
亂紛紛地飄飛了
更甚的整朵蓓蕾也凋墜
零亂的散落在田田的殘葉上
駭綠的湖面上掀起一片逐浪
是緬懷將逝青春的愁
還是不捨昔日的繁華
就宛如蒙塵的西子
在風雨中漂泊的容顏
些許狼狽、些許悲愴
但亦是別有餘韻的
殘缺的風姿依舊婉約動人
在暮夏初秋的時分
告別屬於自己的季節
那是種無常的美感
引人心碎
但無可奈何的呢喃
只能寄語未可知的未來
盼望惜花的人兒
總能別具情懷的珍愛著

2019年中秋前的某一個假日，覺得盛夏時刻未至台南白河去賞荷，悵甚。

恰巧友人要赴台南一遊，搭便車至白河，雖荷葉仍田田，但荷花不再盛開，只見部分殘荷在荷田中獨自芬芳，有些惆悵，但驀然想起美國詩人朗費羅的詩句：

誰也無使時光倒流

草原欣榮

花卉重生

但在殘餘部分

尋找出力量

轉念間感到田中的殘荷，有另類的美感，特別初來的西風掠過，荷葉在水面搖曳成一片驚駭綠浪，襯著幾株殘剩的荷，有種淒涼的美感，那正是我的夢寐。

把它投射在我的眼眸中，說也奇怪。

那種情境以後常在夢魂中隱約出現，於焉在某一個不成眠的夜晚寫成詩，當然也在我的琉璃創作中讓它成為永恆。

詩情・琉璃心・孫吳也詩畫集

穿越時空的愛戀

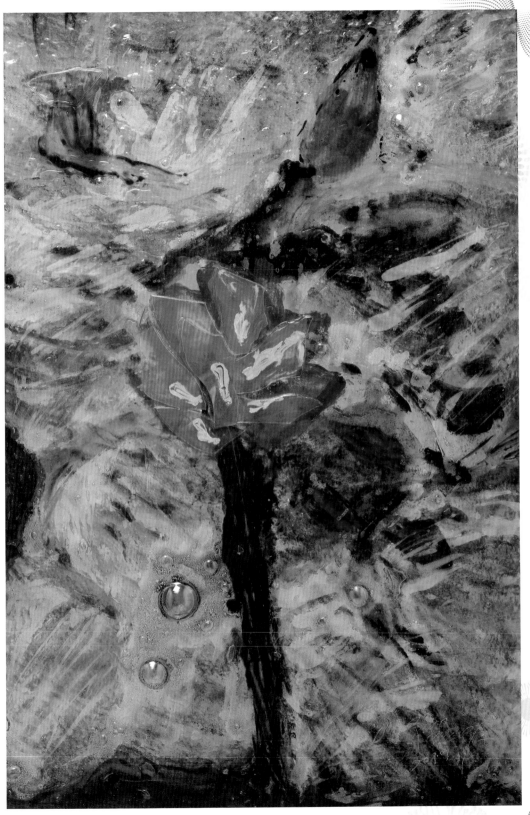

3. 難忘玫瑰、依然吾愛

為什麼嬌豔如昔
粉紅依然是夢中的春色
是妳的豔影與玫瑰重疊
還是遙想中妳就是玫瑰
相依相惜在我心裡永存
就把玫瑰摘下放在案頭
魂牽夢縈、無時或忘
帶霜的晨曦中
露華凝重、美麗的哀愁啊
寄語在盈淚的藍調音韻裡
Rose, Rose, I Iove you!
縱然枝頭帶刺
依然是我永恆的不捨

閒來無事，偶用手機搜尋電影舊片，看到影壇長青樹李麗華主演的玫瑰、玫瑰我愛妳的影片，突然思念起當年在某處玫瑰園邂逅的一名陌生女子，兩人相談甚歡，都對玫瑰花情有獨鍾，惜因另有行程，必須告別，但匆忙之下，忘了互道姓名，離去後，有些惆悵，若干年來，每覺當時的情景宛如昨日，但對方的容貌已不復記憶了，事後思及，有種奇特的感受，直到有一天，相識多年酷愛玫瑰的摯友，特地把她最喜歡的一盆紅玫瑰送給我，並附上一紙祝福的話，驀然領悟她對我的種種照應，原來我喜歡玫瑰及它衍生的情境，真正的肇因在此了，於是寫下了那首新詩，更希望藉著琉璃創作，道出我內心的感激。

58

2019.12

4. 繁華中的落寞

呢喃的情話不如沉默的相思
秋雨有些許冷冽
不想推開窗去窺視
就看到它孤獨地
聳立在灰色的雲絮下
這城市的地標
開始記取多少悲歡離合的過往
繁華落盡後
就只能去數櫟樹的葉變
秋風總讓人想起些微的惆悵
特別楓葉紅了時刻
聽不到妳即興的歌韻
但我領受到妳相思的沉默
不再奢求
也不期望妳翩然而至
已然妳與我同在了

每當北歸，看到那幢代表城市標制的建築，總覺得是一種繁華壯麗的象徵，只是在那種宏偉的形像下，特別西風吹起，行道上櫟樹泛起一片棕色浪濤的時刻，不期然的會興起淡淡的惆悵，會想起那首歌，流浪在繁華都市中的滄桑，喧嘩背面下的陰影，總是那麼孤寂的，想把那種感覺具相化，用詩、用畫勾勒出起來，特別用琉璃創作後，讓它歷百年而不衰。

縱然有不少時間
東方的陽光會被陰霾掩蔽了
但無法阻隔我向嚮往的方向膜拜
那是真理的所在
我對故鄉思念的動力
儘管西風無情地
從四面八方圍籠過來
向我肆虐
也許會遍體鱗傷
也許會花顏枯萎
但不會改變我要面對光明的初衷
更不會背叛向永恆陽光的致敬

我的太陽啊
我會無懼將面臨的風雪冰霜
永遠沐浴在你溫暖的光暈下
只是一旦到了星光閃耀的夜晚
也會作些微的休憩
期待明日陽光的普照

真的開始對向日葵的認知不多，除了葵瓜子外。

一直看到有人形容它是永遠向著太陽、朝著真理的花朵後，才開始注意它，後來寫詩時，常描述它，及至有一日得緣看到一片向日葵花田，在驕陽下欣欣向榮的景像，十分壯觀，也令人感動，才真正喜歡上向日葵，後來繪製琉璃畫作時，就決定要把它入畫，於是先寫一首詩，並播放一首廣東歌，我是一朵向日葵，片片金黃色的花蕊……

這樣的氛圍下，我是向日葵，於焉完成了創作。

詩情・琉璃心・孫吳也詩畫集

穿越時空的愛戀

6. 富士之夜

遠眺似雪的山巔

站在櫻花叢裡

置身於絕對東瀛的光與影中

一陣東風掠過髮梢

憾動心際的美感

驀然憶起（末代武士）中那位纖纖幽幽的女子小雪 (註一)

彷彿蘊蘊婉婉地伴在身旁

端起一杯日本清酒

但願此刻能邀月同醉

在異國的夜空下

太白 (註二) 的詩意

也不約而同的籠罩著我

註一：電影末代武士中的女主角小雪，蘊婉動人，楚楚可
憐。

註二：李白號太白，有詩云：花間一壺酒，獨酌無相親。
舉杯邀明月，對影成三人。

詩情‧琉璃心‧孫吳也詩畫集

穿越時空的愛戀

有一天看到電視重播的末代武士，描述日本明治時代新舊
文明相互衝撞的年代，其中女主角小雪溫婉纖柔的形像，
令人心儀，又憶及若干年前往東瀛遊歷之時，看到日本人
視為聖山的富士山，十分壯麗，種種情緒的交纏下，開始
寫一首詩，並立刻著手繪畫，一氣呵成。

無論承載多少歷史的滄桑

不必再等杜鵑啼了

戰國的烽煙已熄

豐城秀吉與德川家康都化為紙鶴飛了

但天守閣黃金色的輝煌

依舊向時光爭豔

揮一揮手

忘卻時間長河裡的波瀾

還是看看護城河中季節容顏的更迭

櫻花燦爛過後

楓葉的嫣紅及銀杏、繡球的競豔

還有寒梅的孤香

走進夕陽下城閣的光影中

不去品味物語裡的血光及刀兵

凝睇在水波花影的蕩漾中

且去看一朵朵的落花

在碧波中會引起怎樣的漣漪

由於年少之時,很喜歡看日本的歷史古裝電影,特別有關
豐臣秀吉和德川家康的崛起,及杜鵑啼了的故事,故對豐
臣秀賴與德川家康的大阪(註)冬之陣及夏之陣的典故,
特別喜愛,連帶對大阪城有份關注,故遊日本時,大阪城
列入必觀光之處,於焉大阪城物語入畫了。

註:大阪原名為大坂,明治時忌大坂的坂字,拆開為士
反,武士造反之諭,故改為大阪。

沉思中的自我

是海平面上的夕陽
在海天相連的屏幕上
完成最後也是最燦爛的生命創作
抑是默默地墜入西山
那已無關宏旨了
若能像志摩詩人一般瀟灑
「我悄悄的走
　正如我悄悄的來
　揮一揮手袖
　不帶走一片雲彩」

凝睇在靈魂深處
紅塵裡未了的緣不少
無法一一去化解
那也只能無言的告別
多少無法啟口的情愫
也許要沉澱在心底
總是一種遺憾
就當作是緣不逢時吧

創作琉璃畫的過程中，邑昌玻璃的陳宗漢夫婦一直是我創作的好夥伴，一天郭秋蘭（宗漢的賢內助）突然提起，孫大哥為什麼不畫幅自畫像？我說：畫自畫像，恐怕我的功力不夠。她鼓勵說：不試怎麼知道！加上宗漢兄弟也參與勸說，於是就大膽嘗試了，用我旅遊西班牙時拍的照片作底稿，試畫了我幾次，勉強定稿。還好，試燒後差強人意。

9. 淡淡的三月天

雖然不像南國的山野上
滿山紅爬遍並點綴了山麓
但在這寂靜的校院裡
屬於戀愛的時光中
青春在此時此刻互相爭豔著
雪白嫣紅甚至妖紫
彼此各自呈現著美麗的季節容顏
打從杜鵑花叢裡走過
聽到有人唱著：
淡淡的三月、杜鵑花開在……
此情此景
彷彿不似在人間

從小學時刻，就喜歡唱淡淡的三月天，杜鵑花開在山坡山，杜鵑花開在小溪旁……
我讀的古亭國小及大安國小環繞著杜鵑花道擁有者的兩旁，但及長卻無緣進入那座學府，但一有空卻常騎著自行車去逛杜鵑花道，特別是每年花開時刻，因此對它有種愛恨交加的情愫，而杜鵑花的生命力常是我寫作的主題，故繪製琉璃畫時，自然少不了杜鵑花道的形形色色。

10.
蓮

以精靈沉默之姿
在仲夏的子夜
沐浴於皎潔的月色下
默然守靜
等待一雙知性的眸光關注
縱然相逢無處
也要等到地老天荒
如若不見到夜的知音
也不妨再守一個靜靜的長日

從小就喜歡蓮，特別是仲夏的夜裡，一種羅曼蒂克的氛圍
繞伺周遭，A型雙魚座早熟的我，總會幻想有精靈降臨，特
別讀到詩人詠蓮的句子，妳步雨後的紅蓮，姍姍而來，那
種情境幻化成實景，是令人夢寐以求的，於是及長，寫詩
總離不開蓮，當然創作琉璃時，就不在話下，要把它沉靜
優美，又浪漫的花影永恆地留下了。

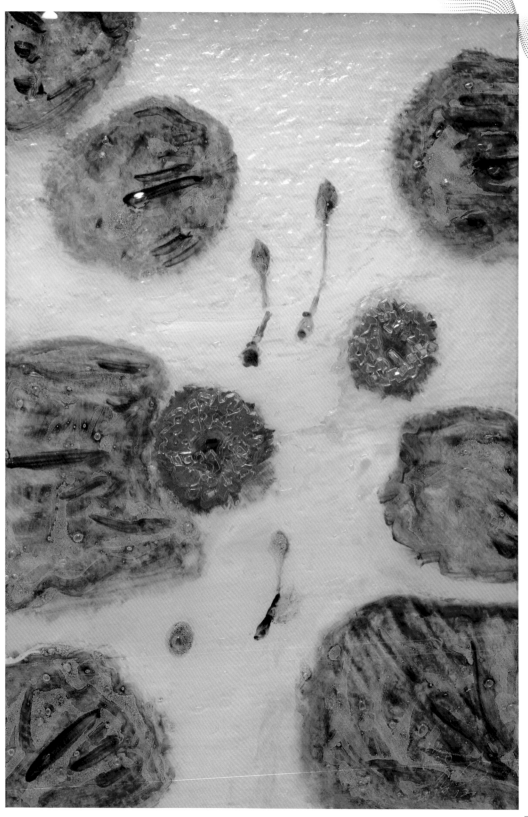

11

孤挺花之戀

就是不與百花爭豔
就是不甩周遭的變
在暮春時刻孤獨的出來展顏
阿瑪麗麗思那個鄉野浪漫的牧羊女
是它前世靈魂的化身
不須去歌詠它
自己會放歌
也不用讚美它
天生的容顏
是不用阿諛諂媚的
更不在乎庭院的瑰麗與否
荒溝野巷也能自得其樂

就喜愛它孤傲的名字，挺立在紅塵，雅致美到不可方物，
那種不同凡俗的容顏，無論在雅室或者在溝洫之旁，都不
影響它的風華，不少好友都對它有種獨尊的偏愛，也許世
上真正獨立特行的人不多，遇到了就覺得三生有幸，因此
對孤挺花也就愛不釋手了，所以琉璃畫創作中，豈能少了
它的芳蹤。

12. 雁南飛

儘管路程很遙遠
但歸鄉的意志很強烈
這裡曾經天很蔚藍
綠草很溫柔
但季度的變遷
必須向南方飛去
那種強烈的呼聲是抗拒不了的天籟
整隊待時出發
不懼任何阻擾
誘惑的口號
威脅的恐嚇
都阻止不了雁南飛的意念
也許回鄉的路程中有諸多磨難
風雪、暴雨等等阻礙可能造成些許挫折
但無法阻擋集體的共同意志
飛吧、振翼高飛
縱有時會遇到折翅下墜
但後續仍有追隨者

中秋時刻，西風漸勁，白日長空常見鳥群高飛，特別是黃昏時刻，夕陽在西方的天宇布置成美麗的霞光，這當兒如有一行雁陣飛過，朝南方迤邐而去，美麗似圖案的景色，怎能不把它放在圖畫世界中呢？
於是朝思暮想，想把想像中的雁南飛畫出來，想不到在琉璃中出乎預料的能呈現出來，不只自己喜歡，一個以雁為標誌的團體要出刊物，就情商把這幅畫作為封面，應該是另類的對畫作的肯定。

13. 雙棲雙飛

亦步亦趨
雙宿雙飛
被喻為神仙眷屬的仙鶴
頭上的丹頂是深情不逾的標制
紅紅的頭冠讓我們體會到真愛
不用說比海深的情
比翼雙飛的仙蹤
在雲空翱翔
令人無法忘懷
就算佇立在草原上
相倚相偎的倩影亦令人羨慕

問世間情為何物，直叫人生死相許。

美麗的愛之誓言，原本以為歌頌人類的愛情堅貞，孰不知
原詩是描寫雁對情愛的執著，元朝詩人元好問一日在原
野見獵人射雁，雁死下墜，突然另一雁亦飛下撞地而亡，
詩人感動，買了雙雁葬於殉情之地，號稱雁丘，並賦詞記
之，但原詞為直叫生死相許，無（人）之字樣，蓋（人）
字是後人所增。

因常見國畫中鶴之形象可稱高風亮節，亦聞鶴也是情愛堅
貞之鳥，心慕之，乃作詩一首，創作琉璃畫時信筆勾勒，
不意受朋輩稱許，是想不到的收穫。

14. 芒花深處秋意濃

望眼過去皆是離愁
淡淡的憂傷
是這個季節的名字
江岸芒花白飄飄的搖曳
像心底的波濤捲起了千堆雪
想要划一葉小舟
向灰白色的深處漫浮
去尋覓一片幽境
期待向晚的天色裡
一弦新月
倒映在湖中
隨波吟唱
直到我心臻入化境

蘆花深處秋意濃，引得惆悵無數，但秋景雖蕭瑟卻是淒美無比，所以蒼蒼江岸的芒草帶來如此感概，觸動了將其納入永恆之境的心緒時時湧現，故在琉璃畫創作之時，不知不覺下筆成畫，一氣呵成，初稿煅燒之後，檢驗成果，喜不勝收。

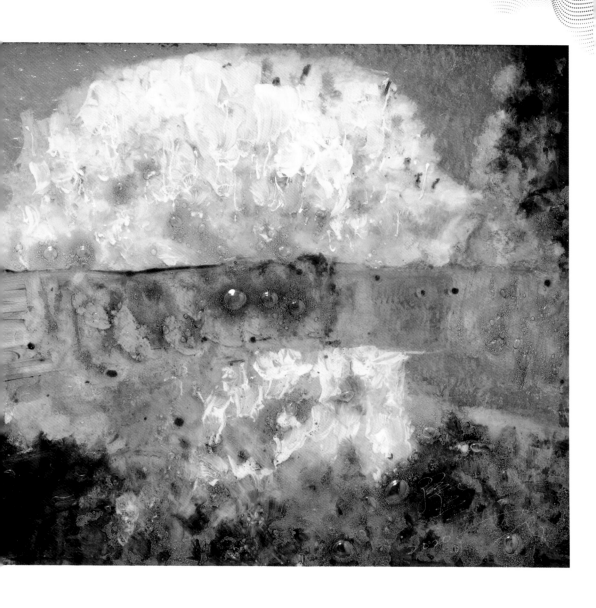

穿過風霜、雪雨

在春綠時際

繽紛的花顏中

我是包容無限的海棉

無論承受還是被侵襲

總是本著有容乃大的胸襟

融合所有的悲歡離合

也許是大悲無淚

可能會極樂無情

用芥子去容納須彌

不再視為無常

而是涅槃後的重生

如火鳥般翱翔

飄飛在萬花筒的人生長空中

人生萬花筒是漫不經心，卻渾然天成的。

在漸漸掌握琉璃畫的製作的絕訣之後，無論運筆及色彩的
調配均進入另外一個層次，於是嘗試用心靈作畫，先沉思
約一個時辰，然後運筆作畫，突然間宛如神助，用色及釉
料的塗抹與前全然迴異，用心中無畫，而在琉璃上色彩繽
紛，呈現花團錦簇的解讀，是不為過的。

成畫後，每一個人的觀畫心得及解讀，是百家齊放，也算
是另類的收成。

16.
獅采

喧天的炮竹聲中
舞動全身的勁
只為懸在門楣上的采
周邊的鬧及熱
總是觸不及內心的靈動
僅是我傀儡角色無意識的舞
所有光與影及線條
均在有限的時空中衝刺
不管有無意識的存在
只是繁華褪去後的空寂
當色采及喧嘩達到極致時刻
終於歸於無常

2020年一月農曆春節,與好友們至101地下室餐聚,適逢
各種新年活動熱鬧,一群由年輕人組成的舞獅團向店家賀
喜,由獅頭造形與傳統迥異,引起我的特別觀注,是所謂
脫胎傳統的創意革新,我不自覺的拿起手機拍下很Q的獅
頭,高興的是古老文化有了後繼者,我立馬寫下了一首
詩,並在琉璃世界中留下了逗趣的鏡頭!

17.
錦繡

搖晃一身的錦紋
在水波蕩漾中共一池花團錦簇
讓心靈全然投射在霎那
便驅使霎那幻化成永恆
不是鏡花水月
更不是海市蜃樓
我們波動的燦爛
源自於欣賞者悅目的眸光
不是自憐
也不是自戀
無可比擬的風采
誰能來爭豔

詩情・琉璃心・孫吳也詩畫集

穿越時空的愛戀

錦繡源自去觀看錦鯉魚的晃動之美。

有時真的很羨慕錦鯉魚,特別在魚池中一群錦鯉悠遊在水中,彷彿無憂無愁,因為我不是魚,不知它們是否真的快樂?只能用彷彿兩個字,但它們在池中穿梭遊過,那種景像是美麗的,看到那份移動的美,真的不似在人間,想要把它們保存下來,用攝影還是畫下來,頗費思量,捉住瞬間的美感,該如何著手呢?

幸虧會琉璃作畫,用些感情把它們的美麗表現出來,不也是美事一件嗎?

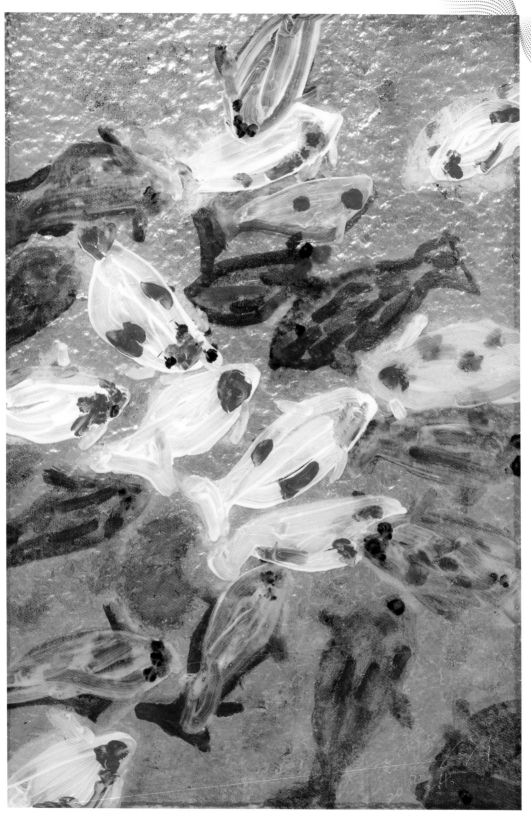

18.枯木之戀

歷經興替
在紅塵歲月裡
贏得過讚掌
在無情天地裡
遭風吹雨浸
無法躲過命運的撥弄
結束生存也許另一段旅程的開端
不再留戀往昔的風采
拋棄無可或忘的回憶
另一個不同軌的路程將展開
時間持續中將另起爐灶
火苗引燃起異類的熾熱
必將再起
走更具禪機枯木之路

怎麼會喜歡枯木,而去畫枯木呢?
喜愛日本庭院設計中表現枯山水的禪意,對歷經歲月洗禮的枯木,有份深沉的鍾愛,容顏枯萎、風華已逝,但仍有一種值追懷的滄桑,歲月奪不去我對它們的念,它們有自己的韻,一種從內在蘊藏的魅力,無從取代的吸引,要把它們完全呈現出來,是不容易也不討好的,但還是要試一試,也許會碰到知音的。

19. 花漾年華

千般相思
不若送妳一朵花
嫣紅的容顏
象徵我赤誠的心懷
不去記憶年齡的痕跡
歲月的流光可以洗去悲與歡
但抹不掉情懷裡的銘心
衣上酒痕詩裡字
字字都是心頭語
年華似水
玫瑰無法常紅
嫣然一季
把最嬌美的容顏
投影在我眸光中
已然是幸福的恆久了
曾經擁有
是好美麗又好淒切的字彙
似紅豆般婉約的色澤
就叫它相思子吧

千般相思，不若送她一朵花。

想要送她一朵花，買不到想要的花顏，只好寫一首詩送過去，但無具相的形影，無從真正的表達情愫，何不自畫一幅圖，就用在琉璃上畫出美麗的容顏，表達心中真正的誠，當她目睹後，就能全心接納它，豈非美事一樁，那就畫吧！

詩情‧琉璃心‧孫吳也詩畫集

穿越時空的愛戀

20. 一啼天下白

雖然瘦骨嶙峋

但氣宇軒昂

隨著晨起東昇的旭日

盡忠自己的天命

牠從不鬆懈

堅守自己的職責

縱有時會驟然雨降

瞬間風狂

但面對橫逆

不懼不退

考驗中從不卻步

牠深信自己的信念是

一啼天下白

風雨如晦的時空中，唯有不偷懶的雄雞，挺立著紅紅的雞冠，朝著東方啼曉，喚起太陽初昇，喚醒人們早起工作，縱然風雲變色，司晨的任務永不放棄，忠於職守的雄雞，真的值得那些懶散的人好好省思，所以要畫出來，讓他們驚惕吧！

南國水北地夢

讀納蘭性德詞遏方怨
欹角枕、掩紅窗
夢到江南、伊家博山沉水香
浣裙歸晚坐思量
輕煙籠淺黛、月芒芒

揮別愛河
不復記憶中踏過第幾橋
但江畔垂柳依依飄
她的一顰一笑
也彷彿在晨光裡重現
只是已惘然一片
隨愛河水東流入海
但願在北地的夜裡
能重入我的夢中
永永遠遠

港都的精萃,端在愛河輕柔的水波中,不再回頭的浪奔流到大海,我總喜歡站在石橋上,凝視著河中的水,撫慰著河底油油的水草,一種平靜憩然的美,揚溢在我的眸光中,是揮不掉的愛戀,讓它留痕吧,銘刻在我的心版中,藉著琉璃的光影,永恆的留存著。

22. 三色紫羅蘭的純愛

總是獨自孤芳的綻開在草叢間
三色的容顏透露著些許神祕
似蝴蝶的風姿令人悅目
隨風飄逸在眾綠之中
特立的容顏是難忘的記憶
在純純的愛戀中
是無法割捨的情愫
如同三色紫羅蘭靈魂的呢喃……純愛

穿越時空的愛戀

三種色澤無可挑剔地結合在一種容顏中，純然的美，也是
純然的愛。
當南風掠過大地，一片藍白色渾然成海，在有愛心的眸光
中，閃耀著不可名狀的輝煌，讓我們透過琉璃的創作，留
下永恆的愛痕。

23. 荒村野廟

空氣中挾雜著牛糞的氣息
但不會感到難聞
濃濃的田園氛圍反而令人陶醉
雖然不見農家的炊煙
但廟旁的金紙爐有餘燼未熄
仍然有人間的感覺
脫了鞋、赤著腳踏在草地上
一股泌涼的感覺湧上心頭
不再感受到太陽的燠熱
向晚時刻的夕陽璀璨
看到傾圮的廟殿有些許歲月的斑痕
滄桑的古老
益添對祂的崇敬
決定進廟去膜拜
讓香火的裊繞
賜給我一些心靈的寧靜

在宗教虔誠的心念下，不論廟寺的規模及所在，都是我們膜拜的對象，在香火裊繞中，我們看到了信仰的力量，特別在夕陽的照耀下，呈現出萬丈光芒的輝煌，不知不覺中散放出神祕的色彩，因為它是神仙的居處，把它藉著琉璃藝術保存下去，是我們善男信女不可推諉的責任。

24.
夕陽中的瀑布

以璀璨的黃昏夕陽色筆
鴉塗在山水間
無常的變異中
勾勒出夢幻的無心
唯其無心所以有情
隨我的思緒飛奔
妳我相約在光與影的纏綿裡

是一種怎樣的巧合，無意識的念，在琉璃上不輕意的揮
筆，竟然突現出不曾出訪過的哈尤溪溫泉景色，特別在800
度煅燒後，出現五彩的山壁，近乎八、九十度的類似，該
是五行之外的力量促使的，真的感到神奇，不可思議的力
量無處不在，不知如何解釋！只能歸諸天數了。

25. 冷眼

穿透黑洞的銳利
冷眼去閱展世道
紅塵裡盡多無常歲月
永恆藏隱於霎那
愫在無情中孕育
情總隨心轉
三千幻在一瞬間飛逝
海市也罷、蜃樓也罷
都云不過鏡花水月

拭目以待，蘊藏諸多神祕，無常的歲月中，日以繼夜的進
行著運作，紅塵裡有著許多無法解釋的奧祕，等待有慧
根的人士去解讀，先知在何方？不管如何，把這個謎題的
表相保存下來，透過琉璃藝術的技巧，留待百年後來解惑
吧！

26. 初春山澗野花開

山嵐飄起
以小貓輕盈的腳步
春天含愁的雨珠
撒向山澗及山麓
瞬間野溪漲了
新綠的水橫溢過小徑和山野
一眨眼間
花團錦簇了
我的眼眸於焉
捕捉了人間難得的美

初春山澗野花開，信手揮筆得一佳作。

人生常在無意中轉折，琉璃創作也會不輕意中得到好成績，由於作品須經高溫煅燒，火候的不同導致窯變是常有的事，但得到佳品卻也不多見，有幸我常有天助，感恩冥冥中的力量庇佑，出乎意料應是我的好確幸，繼續創作，全力以赴應是回報天恩的不二法門。

27. 火天大有

火天大有，卦象曰：火在天上，大有，君子以遏惡揚善，順天休命。

末世已去
新命循序而至
萬里雲空中飄起楓紅
宛如火天
橫空充塞
造物不仁
以萬物為芻狗
然眾善毅然成軍
壯志胸懷
燃起天地間至剛之氣
泛瀾天火盈空
滌萬惡於無形
總歸還我朗朗青天

卜象出現，不知何召？
琉璃經高溫處理後，竟有異象？呈現出火天大有的卦象，當然也說滿天蝴蝶飛，更可描述楓葉飄，不管如何，眾口鑠金，或者眾說紛紜，總之琉璃創作有不可控的風險，也有意想不到的驚豔，是天才還是白癡的作品，端賴欣賞者的個人觀點，所謂時也、運也、非我之不能也，一個創作者自己也無法掌握的，這真是無可奈何的事啊！命運的確不可測也不可逆，讓我們的天命就完整的去呈現真相吧！

28. 海棠依舊

不去探討海棠與秋海棠的分野
也不去研究它們各自的花語
更不去仔細詳查系出何地
就是喜歡它的名字
就是愛它屬於華夏
更衷心陶醉那句
（海棠依舊）的浪漫情懷
那種纏綿悱惻的呢喃
是多麼令人心醉
又讓人心碎的愛語
盼它只要醉而不是碎

詩情‧琉璃心‧孫吳也詩畫集

穿越時空的愛戀

海棠依舊，是一則愛情故事。
但它是一種美麗的花朵，也不同於秋海棠，雖然海棠依舊
是描述徐悲鴻、蔣碧薇及張道藩之間的情愛故事，但琉璃
創作卻是側重於海棠花的呈現，海棠花的確是值得透過畫
來披露它的芳華，希望能真實的把它的美麗送到大家的眸
光中。

29.繡球遍野

淡紫的色采總是迷惑人的眼眸
特別遍野的光影串連成
令人無法抗拒的色相
想要逃禪
那種紫的誘惑
是致命的吸引力
無法抵禦
也無從逃避
那就只好投入它的懷抱
隨著紫藍白的波濤到天涯海角了

繡球遍野，掀起一片片美麗的花海。

一球球各色的花容，開在原野上，一陣風過，掀起千重
浪，萬丈海，煞是好看，不把它們定格，是對不起司花仙
子的，那麼就只能笨鳥先飛了，希望用拙手能握住巧筆，
去描繪繡球遍野的壯麗，給大家好好驚豔。

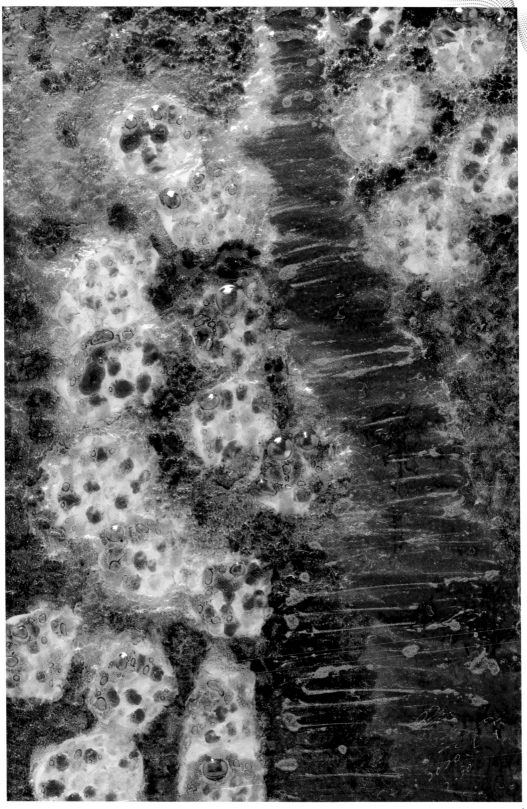

30. 海與山

漂泊在山海之間
我的歸處不定
傾向海的情深
又不捨山的愛濃
海鷗的呢喃
山花的采豔
無從取捨之際
只能隨風向而定
秋日的芒草生涯
灰白的遭遇
只能無可奈何的流浪著

芒草飄舞海畔山旁，青山與藍海之間隔著灰白色的點綴，不知道是否是好的搭配，但不管能否吸引人的眼光，真實表現出這個世界的相，是畫者的天職，不刻意醜化或美化，是藝術的良心，真相不一定討好，但至少要傳達真實，人世間無法真善美一應俱全時，那麼至少不要欺瞞。

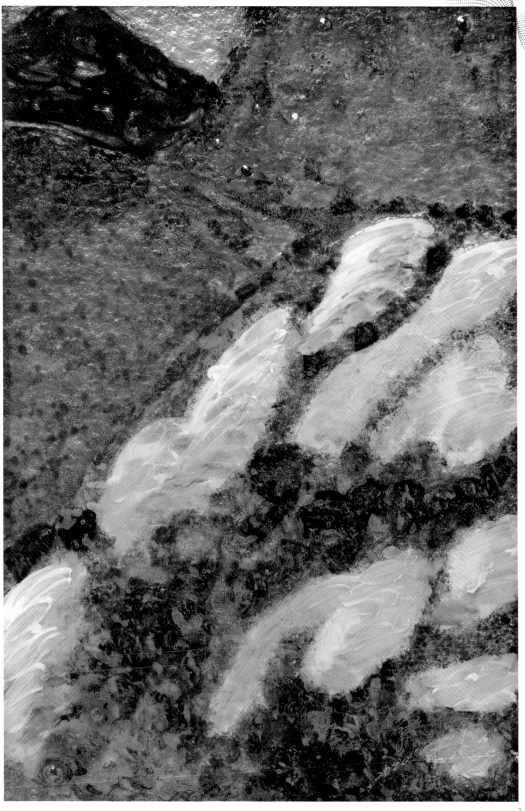

瀰濃來去

荷花盛產的季節

驅車往美濃湖一遊

瀏覽過東門窯時

覓得珍奇一件

把周邊璀璨的山水

燒到捧碗^(註一)喝茶的器皿上

讓我可以在案頭上沉思、品茗時刻

有些許精神寄托

回程中記憶裡的旗尾山

巒峰秀麗的景緻驀然襲上心頭

特別遠山下綻開的鳳凰花木

燦爛成一片嫣紅

於焉成畫了

彌濃、美濃，美得很濃化不開，喜愛這個地名，也就不會排斥它的美景了，一窺晨光在群嶺中昇起，或眾星在天宇閃耀，美濃、彌濃值得一去再去，自然琉璃畫的創作中少不了它的蹤影了。

夢幻式的煙

在無意識的空域裡裊繞

編輯及描述著一陣陣的無常歲月

及虛幻的過眼雲煙

迷幻的人生和如水漂般的情愛

皆在這方寸之間

進行不留痕跡的故事

或者日式的物語

更有那古老的傳奇

當然燃燒著的往事

也會驀然再現

把過往的記憶挽回來

只為些許的心悅及心驚

看著香爐內昇起的煙

有股無法割捨的愫

巧合有時是無法用常理判斷的。

創作梵香爐的琉璃畫，是基於我喜歡喝茶時，點一爐清
香，在茶香及爐香的氳氤中，得些許心靈的慰藉與滋潤，
因此收集了三、四個梵香爐，於是在繪畫時，念頭一轉，
就選了這個主題，雖然心中有自己家中香爐的形影，憑想
像作畫，雖卻不同於家裡的爐形，但還是一座梵香爐，創
作完成後，要照相存檔，陳廠長的妻子秋蘭突然驚呼道：
跟我們廠裡庫房中收藏的爐一模一樣，拿出來一對照，神
似度破表，真的很神奇！

33. 心懸阿勃勒

垂首的一串串黃
隱藏著如夢幻般的憧憬
蔚藍的空域下
六月的南風吹起一片燦爛
宛如黃色的織錦緞
泛濫起誘人的波濤
更似天空驀然下了一陣黃金雨
無法抗拒如此的誘惑
願能似綠色的葉片
是夕陽下海上漂泊的舟
不知搖向何方
滄浪的時光
在流金歲月中逝去
留下一連串無法留駐的心痕

那串串金黃色的花蕊是造物者，送給大地的禮物，在卻之不恭的心態下，欣然接受了，真的花開的季節，看到垂在花架下或延著牆壁怒放，一陣風來，宛如串串花鈴，那是種無法形容的美，不把它畫出來，真對不起上天的饋贈了。

34. 鳳凰花的美麗與哀愁

總是把它跟驪歌襯在一起
也許六月的時分
是美麗與哀愁交織的霎那
陽光下的璀璨
是離人的淚滴紅了鳳凰花葉
這無邊的愁
牽引了我們永遠難忘的慷
無法瀟灑地揮一揮手袖
如詩人囈語般作別
讓記憶留在枝頭嫣紅
隨風而落的葉陪我漂泊
但願妳我的夢
恆在常紅的枝頭綻放

詩情‧琉璃心‧孫吳也詩畫集

穿越時空的愛戀

六月六日斷腸時，正是驪歌輕唱時刻，也是鳳凰花嫣紅的
季節，那麼恰逢美麗又哀愁的時光，把繪製下來，透過琉
璃畫的特質留作永恆的懷念，年年歲歲想起它。

35. 神祕女郎

無法得窺她蘊藏的世界
專注的神情揚溢著
無法言傳的韻
瞬間與永恆融合在同一種光影裡
不用去形容
時間在紅塵裡停駐
觀察與描述都是多餘的
一瞥過後的難忘
才是刻骨銘心的情懷

那種總是帶點憂鬱的堅強神態，讓人有些莫測，美麗的容
顏裡潛藏著無可比擬的魅力，彰顯著神祕的色彩，光與影
是如此的結合，怎能不把她繪製下來，作個永恆的留戀！

36. 圓滿

撒一把圓在人生的平面上
有各種色澤
紅、橙、黃、綠、藍、錠、紫
七彩如虹般的顏
匯集八方的善怒哀樂
來自不同元素的融合
有如杜鵑滿山紅的生命力
共同扶持對抗橫逆
不論禍害來自何處
我們都不會屈服的

圓是平等的象徵，滿是富足的表示。圓滿就是人人富足，個個好事。
所以畫無數的圓，填充所有的空白，整個琉璃面上布滿了圓，我喜好充滿各種色澤的圓，是歡樂的無限，欣然去畫它，大家都幸福了。

37. 君子之愛

無論在任何時空中
不同的光與影襯托下
它仍是優雅地綻放著
不阿諛任何外來的壓力與影響
只認定自我的定位和方向
不隨俗浮沉
不盲目趨向
但也不標奇立異、自我突現
它就是會顯示出特有的氣度與風格
有君子之姿
現王者之態
它是蘭花

喜歡蘭花，是基於它的純潔、晶瑩及高品味！
不論蘭花的容顏是何種色澤，紅、黃、紫、藍、粉紅等都
是十分幽雅及燦爛。
特別是對白色的花容，有股特別的喜愛，所以我把白色的
蘭花繪畫成永恆的記憶。
用粉紅及紅的底色，襯托出白色的冰清玉潔，突現出紅塵
喧嘩裡的唯一。
這就是我當時的構想！

紫色風鈴仙遊去了
黃金般的風鈴花在葉飄後也爭豔了
遠眺過去
小街兩旁撐起黃色的誘惑
不得不停下眼光
凝睇在這片黃花傘中
一陣溫馨的南風掠過
偶落的花瓣
鋪成一條黃金大道
引我走向不可知的桃花源

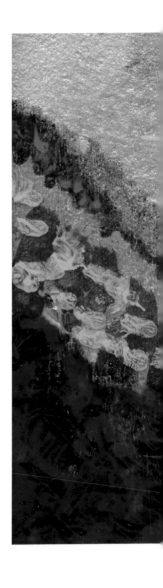

風鈴木的清晨，引起我的思念，嫣紅的一組卸裝了，著著
金黃色沙籠的盛裝女士又降臨了，接踵而來的美麗容顏讓
人目不暇給，最好的辦法，畫它下來，保存在永遠的光彩
中。

39. 黃昏下的花園

西方的天宇有一抹錦繡
毫不遲疑地把七彩的光與影投射到
適合花朵展顏的季節中
霞光與花影組成如此錦簇的美
增添了大地的不可抗拒的吸引
把靈魂深處的那點痴
與庭院裡的綺麗及小池中晃動的美豔
共映出一幅人間最動人的景色
若真能讓時光停駐
我們就此動筆作畫

黃昏下的花園，是造物者無心的遺留，混亂色澤的堆集釀
成了奪目的美豔，無以名之，就叫它是黃昏下的花園。
第三十七幅君子之愛，因為它卓越在任何空間，都是挺挺
如立似君子，無論遭逢任何風狂雨暴，都不損它的君子之
姿，所以我總是用虔誠的心去膜拜它，願它永垂不朽。

詩情・琉璃心・孫吳也詩畫集

穿越時空的愛戀

40. 煙火長夜

漫天的煙花散開
在長夜裡塗抹成燦爛的景
是慶典的點綴
抑是隨機的興奮
且不去管它是吹南風的夏夜
或者是秋月明亮的時節
璀璨的色彩
勾起勒起歡樂
不必去介意是內心的喜悅
或者有目的別具用心的作偽
停下不必要的心思
就欣賞吧！

每年跨年都會放煙火，長夜裡突然綻放璀璨的火光，照亮夜空，那是多麼令人難忘的記憶！透過琉璃創作可以呈現不同凡響的聲色，是黑暗中最讓人振奮的啟示。

41.
三月的蓮

美濃湖畔的蓮，彷彿夢幻中的她。

田田的蓮葉中
她搖曳著潔白的容顏
在暮春時節的南國
展露著迎接初夏的心緒
早來的南風撫慰著一池的綠與白的融和
在我的眸光裡感映著動態中的寧靜
無酒的時光中
驀然微醺了
盼望天外能飛來一隻翠鳥
與我共享這一方
無法言傳的美

詩情‧琉璃心‧孫吳也詩畫集

穿越時空的愛戀

蓮，特別是白色的蓮，充滿潔白無垢的色澤，惹人無限的
鍾愛，在碧綠的湖面上迎著南風飄舞，卻表現出一種禪定
的美，在動靜之間演繹著出世的氛圍，有種聲音響起，把
它們保存下來，那我就繪製它們。

42. 扶桑歲月

總是把扶桑花與東瀛聯接在一起
雖然知曉它的原名叫朱槿
非常中國味的
從小我們都叫它甜蜜大紅花
只知道花顏中突出的花蕊
裡面有甜甜的汁
童稚時代的解饞恩物
直到有關扶桑的字彙進入我新詩中
仍然以為那日出之國(註)的代表字
並感覺它不遜於　花的位階
但最後終於瞭解它是原稱朱槿的花顏
長期被我單一認知了
在歸宗返祖後
我也喜歡朱槿這個稱謂
雖然曾經那麼迷戀過扶桑的字眼
但是不管叫它那一種名稱
都不曾減少我對它的鍾愛

註：日出之國，日本是也。

縱明白扶桑花又叫朱槿，應該原名叫朱槿，從小就喜歡它，它是我們自然界的糖果，也不去管它叫扶桑還是朱槿，不損它容顏的美，在琉璃上重塑它的美麗，永遠保存它。

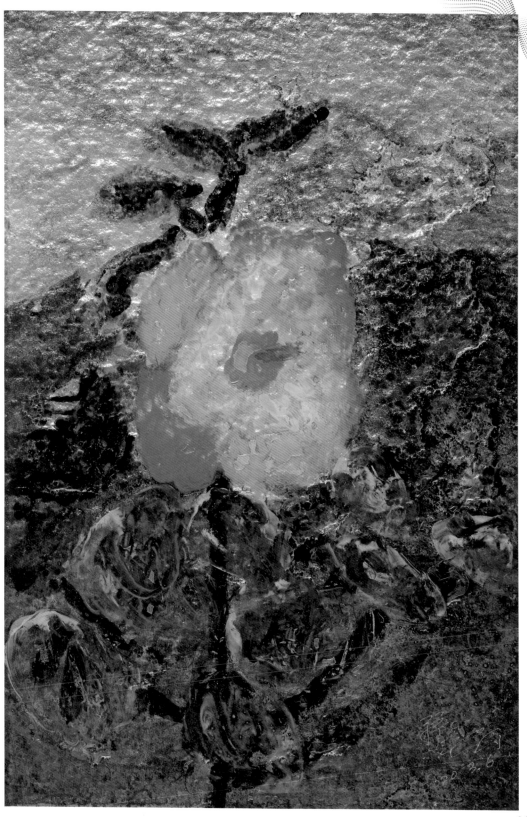

139

迎向蔚藍的天宇
看白雲施施飄過
感歲月之無常
念天地之悠悠
風霜冷雨來襲不改其形
傲日驕陽肆虐不擾其志
成長在歲月的空隙中茁然脫穎
伸向雲空
不屈撐天
無人能輕視
從一棵幼苗
卓然無懼蛻換成龐龐巨木

好友來函邀我遊阿里山，因公忙無法赴約，寄來遊蹤照片
無數，令人嚮往，其中一幅阿里山神木，巍巍聳立之態頗
為雄偉，羨慕之餘，把它畫在琉璃之上，長期保存，不亦
樂乎！

眷
村
之
戀

每次放學時
我們都會朝那間掛滿香腸和臘肉的小平房望去
不只是在節日時刻
平常日子竹竿上也是掛得滿滿的
單身又退伍的老士官是個孤單的老人
所以很喜歡村裡的小孩子
每當他一旁邊喝酒一邊哼著不成調的京戲時
我們知道又有烤香腸、饅頭及大鍋菜吃了
老士官不知道是山東還是湖南老鄉
濃濃鄉音我們也弄不清楚
總之每隔幾天
我們這群小皮蛋
都會自動去報到
在那個貧窮的年代
老士官的饗宴是我們的世外桃源
那個他代看守院子的紅門
是快樂的（芝麻開門）
童少年的回憶在我離開眷村到北部上高中為止
等到再度光臨斯地
老士官已不知所終
那扇紅門裡仍然蘊藏著
我們的悲歡離合

眷村之戀，是我童年部分的回憶。

現在回味起來，湖南臘肉、香腸滋味猶有餘香，當年的忘年之交……
老士官也許早已在天上享福了，但對他的懷念卻常在腦海出現，大鍋
菜和山東饅頭的香味彷彿仍在眼前，特別那院子前的紅門也歷歷在
目，前些日子朗讀班的同學PO來左營黃埔新村的照片，相似的眷村紅
門又勾起童少年的回憶，的確那門裡面有著我們的悲歡離合，歷久不
去，於是藉著照片及陳舊的記憶，畫下有著紅門的眷村，讓它在心頭
永遠保存著。

45. 鍾馗人間行

鍾馗雖然衣著襤褸
但正氣凜然
面容粗陋但威嚴十足
加上出巡之時有五鬼隨行
提燈、持印、撐傘、牽馬及背葫蘆
巡行陣容雄偉壯大
群邪眾妖望之走避四野
鍾馗蹬足
八方鬼魅望風逃竄
鍾馗叱吼
潛藏魍魎遁影而避
特別妖氣正熾的當今世道
道消魔長之際
期盼驅鬼降魔的巍巍正神
破空而降
盡滌人間妖氛
讓群魔不再亂舞

紅塵裡儘多魍魎
人世間鬼魅橫行
舉首但見四野妖氛暴漲
放眼八方皆是群魔亂舞
浮世難見正義之劍
環球盡淪溫疫之邦
盼鍾馗秉利刃神兵
橫掃魔氛蕩平病毒
起心動念恭繪聖像

為鎮妖驅魔，思在琉璃上創繪驅魔聖君鍾馗，保佑千載。

詩情・琉璃心・孫吳也詩畫集

穿越時空的愛戀

149

46. 守護尊者

雖然面有疾容
但不改驅鬼除魔的意志
手握神兵決不落空
看鬼魅往何處竄逃
雷霆霹靂一響
必然讓群邪原形畢露
伏首受誅
看吾赤膽忠心
不愧日月星辰
必然保佑黎民百姓
遠離魔障、安居樂業

人間每多犧牲自我，拯救眾生的烈女義士，殉道之後受人
景仰，因而立地成仙成佛。
特別在天災人禍大劫難之際，發揮人溺己溺之愛心，廣濟
眾生，犧牲自我，後人追思之，乃被尊為聖者。
故而在琉璃上創繪守護尊者，來濟民於水火之中，免受溫
疫天災之害，特恭繪之。

47. 天眼

用五隻眼睛看盡紅塵裡的悲歡離合
得窺天機
不是佛偈
不是禪悟
是輪迴中的必然
天網恢恢、天眼透視
看盡
世道中的善行惡狀
歲月裡的情緣無常
富貴功名一瞬變遷
歷史長河裡的興衰
揮一揮手
轉眼無情
不如一杯濁酒且付江月

詩情‧琉璃心‧孫吳也詩畫集

莫謂
殺人放火金腰帶
修橋舖路道旁埋
老天必有眼，我們稱之天眼，天眼無私，必會公平俯視人
間。
鑒於世道不義，人人常嘆老天無眼，好人命短、禍害千
年，君不見城隍廟門有聯曰：善惡終有報，莫謂不報，時
辰未到。
故而繪製天眼圖，五眼並列，俯視人間，使惡人無所遁
逃。

穿越時空的愛戀

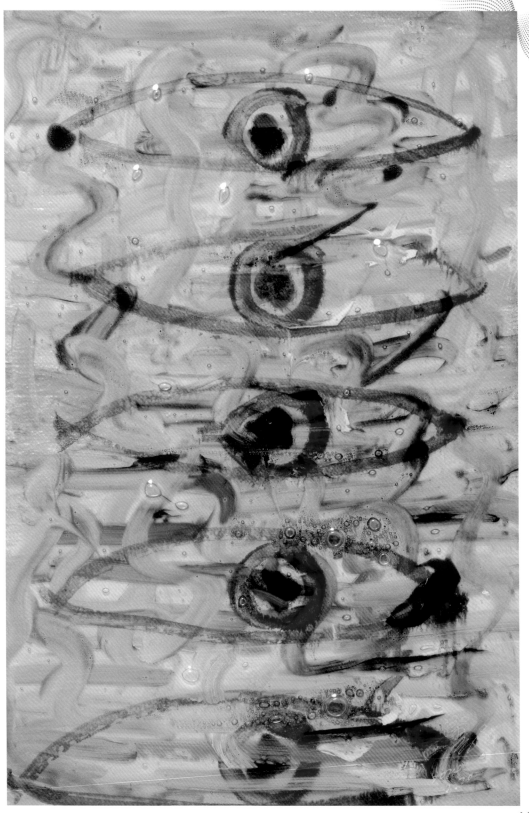

把容顏隱藏好
無法參悟的
歸為無常
這是佛語
不能解釋
就是禪機
滾滾紅塵中
瞧不見
參不透
只因用常相觀無極
世道裡盡可隨興
能否看得到明晨的太陽升起
已是不易參透的機緣
只能隨興而遇

狗臉歲月的窯變
開始只是鴨塗，畫著畫著，彷彿進入冥想，於是在琉璃上
的畫筆不由自主的勾勒出自我無法控制的圖面，是進入什
麼樣的境界？一個不能言傳的天地，猜謎吧，用靈魂去窺
視了。

49. 我們是網中魚

很想要逃離這片天羅地網
在海水中可以快樂地悠遊
但湍急的潮流驅使我們陷入無法掙脫的漩渦
直到跌入漁網中
是天定的局已難改觀
只有默默去面對
展露死亡前的微笑得確不易
但又有誰能坦然
只要能不改容顏
瀟灑地保持本色
呈現魚的原來面貌
已不愧自我了

從事經濟活動的人，如同海中的魚，一樣陷入股海的漩渦
中，風、雨無論大小激起的浪，都影響了魚類與人類的正
常生活。
宛如在網中的魚，無從掙紮，任人擺布。
身為股市投資人，我的心如同網中的魚，一樣無助，所以
畫這幅畫的心是沉重的。

來到海岸邊

站在岩石上遠望大海

湧浪不羈地朝向海岬

激起千堆雪

海風輕輕吹來

掠過我的髮梢

無憂也無愁

但有些許的惆悵

無人的岸上

遺世獨立的孤寂感

驀然襲上心頭

此時只想聽聽海潮湧來

吻著沙灘的呢喃聲

想像著這動聽的天籟

也彷彿是她的輕聲細語

每當心沉重，壓力無從解的時刻，來到柴山西子灣去聽
濤，是一個不花錢的良方。
浪來，挾著呼嘯的潮音，宛如天籟，瞬間可以暫時忘憂，
所以把這可以解愁的圖案在琉璃上永恆了。

2020
3.25

51. 港都暮色

遠海的夕陽餘輝
撒在城市的屋宇上
只看到暮色中的餘光
卻在柴山的上空
揮毫了令人驚豔的圖像
也許不一定都有同感
但已得我心
這類似畫面
彷彿是我愛的圖騰
一種他人無法領略的奧妙
難以言傳
只能會意
也沒有文字的描述
只能隱藏在妳我共有的心軌上

每當有工作壓力時，我都不自覺得透過玻璃惟幕向西方的天宇望去，特別到了黃昏時刻，西下的大陽在柴山上發出最後的燦爛，錦帶似的色澤有如美麗的圖案，頓然感到愜意起來，暫忘了世俗的一切，於是我刻意在創作的琉璃畫面上，陰暗的都會的屋宇上，添上了白色的光，象徵紅塵裡仍有希望。

52. 月下

奇特的光譜下
有種夢幻的聯想
泛舟在月光蕩漾的湖上
去追尋那份無法形容的浪漫
不曉得是
仲夏的夜裡
還是暮秋的湖光中
沉迷在自我描繪的鏡花水月下
是一份執著的無常
願時光就此停駐
靈魂也不再甦醒

嚮往寧靜無憂的生涯，與一兩位知己好友，泛舟在月下的湖上，不要人造的音樂，無聲的音，便是天籟，於是想起各種記憶中的畫面，便在琉璃上銘刻了些許靜謐，但仍在平如鏡面的湖上添了些波濤，象徵動中的靜，是真正的安寧。

53. 走過紅塵

當我安息的時刻來臨
會踏上小橋的石階
瀏覽一遍荷塘中自己的倒影
聽一聽夏蟲是否也會為我沉默
南風掠過婆娑的樹影時
會想起與妳攜手並肩走過朝來霧起的小徑
熟稔的梔子花顏更會為妳素靜的容顏添妝
那是忘不了的記憶喚醒
到了向晚黃昏時分
也許會看到早昇的月
漫不經意在山巒間流竄
紅塵是如此值得留念
不捨是此刻的必然
但時光卻無法停駐
只是未來的歲月
何嘗不是另一份憧憬
那就瀟灑的告別吧！

原詩是想瀟灑地把它當作墓誌銘，但我在創作琉璃畫時，
畫到石橋時，突然覺得此時此刻的情景頗為契合，於是在
下筆作畫時，先改寫部分詩句，俾使之符合畫意，更添詩
與畫的境界。
俟畫作完成後，感到鬆了一口氣，靈魂驀然舒暢起來。

54. 將軍之悲

帥旗飄落
盔甲已染紅
鮮血流在額前
敗像是無可挽回了
歸楚地以圖東山再起吧
梢公有舟
只是雖烏江上蔭霾滿布
卻無顏見江東父老

天亡我也
楚歌聲在四野響起
讓豎子稱王
奈何、奈何
永別了虞姬
魂將不相見
愧對紅顏
此生之悲盡在無言中
天涯海角只能恁我獨自飄泊

詩情．琉璃心．孫吳也詩畫集

穿越時空的愛戀

要繪畫西楚霸王項羽，構思約十多年，當時未接觸琉璃畫，故空有想法，後來偶翻自己演舞臺劇霸王卸甲時的劇照，乃有鶵形之呈現。

個人寫西楚霸王的詩不下十首，等要創作琉璃畫時，卻又有新的詩文湧現，於是將軍之悲一筆勾勒成形。

此畫完成後，在琉璃工廠照相留存，發生了不可思議之事，原畫作在運回家中保存時，約數日後再觀看，發現畫中將軍的額頭突然多了兩道血痕，從額頭一直流過眉毛，到眼睛方止，恰巧吻合了詩文中的意境，對照前後兩張相片的相異之處，感到十分驚訝，彷彿冥冥中自有其靈數。

詩情・琉璃心・孫吳也詩畫集

穿越時空的愛戀

55. 蝶變

不忍見到自己的美麗衣裳
在秋光裡褪去風華
冷冽的空域裡牠就如此斷然地墜落
宛如流星劃過夜空
留給紅塵一絲絲的惘然
輕輕地推開軒窗
小徑上不見落紅繽紛
菊黃燦爛了午後的空庭
無法與季節錯置裡的歲月共舞
用死亡美學去襯托遺憾的存在
盼望春夏時光中的蝴蝶能蛻變

楓紅、桂香、黃菊、共蝶舞在秋野

詩情‧琉璃心‧孫吳也詩畫集

穿越時空的愛戀

常讀寓言故事，每每把蝴蝶跟螞蟻作對比，懶與勤的分別，被洗腦的說法一直伴著我成長，直到在社會打過滾後，方悟到有些標準不是一概不變的，從公婆各有道理到莫衷一是，推翻、肯定、又被推翻，於是我開始有蝶變的思想的萌芽，不同的環境變遷是否會造成物種的突變?秋蝶或冬蝶究竟是一個如何迥異的局面?無法窺知，但我覺得慢慢開始了！

燕雀安知鴻鵠之志

寧願像燕子或麻雀一般胸無大志
不必如鷹鷲志在千里
可以翱翔千里
只是要遭受跋踄中風霜雨雪的侵蝕
更加要忍耐雲空上寂寞空虛的煎熬
那麼可以在晴空下的曬穀場上快樂的跳躍
也能穿梭在屋前樑上自在的飛翔
不亦樂乎
燕雀啊！燕雀
情願如彼等快樂的鳥群
無拘無束的活在
平凡的時空裡

燕雀豈知鴻鵠之志，誠然是對的，但也不能否定燕雀是有
自己存在的哲學。
猶記童年時刻，每到農忙，曬穀場上看到麻雀快樂跳躍自
如的樣子，十分羨慕，但教育的養成卻讓我對它們鄙視，
有些不平，常常想去反思，乘創作琉璃畫時，給它們一些
平反，也許是阿Q了，但我樂意。

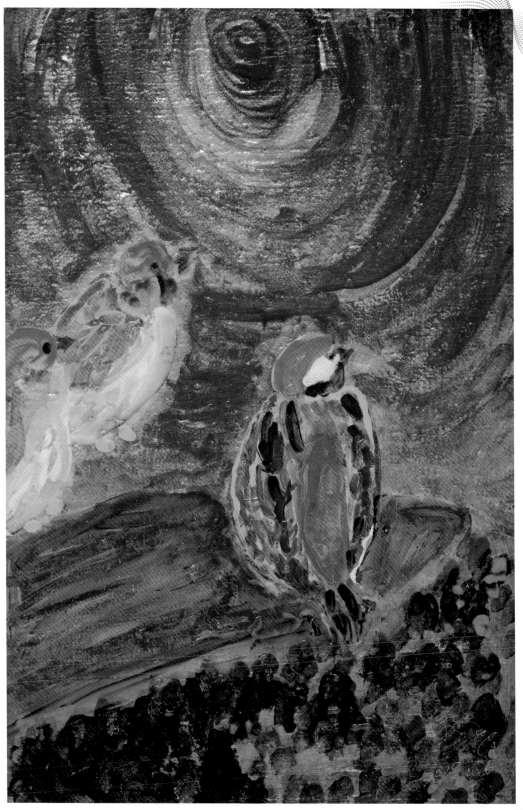

57.
浴室之女

讓赤裸裸的自我
呈現在人間世
空氣、水、與燈光伴我們一起存在
奢華與名利在此都歸於空無
無常的歲月裡
軀殼也未必屬於自己
色即空、空即色
在浴場中盡情洗滌吧
紅塵中的醜陋與美好
都隨水而去了
明日的陽光
等未可測知的存在靈魂去享受吧
今夕就讓浴場的氛圍與我們同在吧

想要突破一成不變的畫風，用三角、圓形、及四方形作構
圖的基礎，不論臉型及身裁均以此模具進行繪畫，以出浴
作為場景，勾現不同的體形，彰顯迥異的個性，不一定被
認同，但新的嚐試，總要跨出第一步的。

亙古的時光中
歷史的腳步
都在冬日初雪的掩蓋下
變成一片銀色世界
雪花美麗的堆砌中
醜陋的景象消失了
紅塵裡的點點滴滴都化作空與無
淨化過的天地
顯得如此安祥
雪地裡的世界終於大同了

在紅塵中混跡久了，總想追尋一片桃花源，只是理想中的
香格里拉何在？
很難探祕，驀然掠過雪景一片，特別初雪時刻，大地群山
被白雪掩蓋，把一切醜陋阻隔，看到銀白一片，世界頓然
美化了，把它作畫，化成永恆的想像。

59. 面壁中的沉思

縱時光停駐
去憶往事如煙及測度未知前程
皆如春夢一場
雖然穿梭在時空中的星月
依舊燦爛
但歷史的腳步卻留不下蹤跡
都隨風去了
雨打竹林滌清了塵埃
但世人心中的塊壘未去
嘆有情人間
一切變幻無常
皆如白雲蒼狗難以預料

沉澱在自我單獨存在的天地中，我是自己的主宰，想像成
藍天，化為鷹，翱翔萬裡，想像成碧海，化為鯨，遨遊四
海，想像成曠野，化為豹，縱橫大地。
然想像自己為漂泊天涯的行者，五湖四海恁我流浪，面壁
中的沉思，竟如此不平靜。

179

金錢不是萬能
無錢萬萬不能
古老諺語

生存在萬象世界
掙扎在紅塵天地
擺脫名利何其不易
藉著宗教信仰教化
憑著心靈自我啟迪
雖世道無常
雖人生變幻
都道一切均是鏡花水月
浮世富貴皆如白雲蒼狗
但人心都不能領悟
恁英雄佳人名士
且不論販夫走卒
能跨越名關利寨者幾希
金錢園圃
多少眼睛都在關注
盼用最少的播種
期能獲得最多、最多的收成
是痴人說夢
還是異想天開

想用此圖去嘲諷世人，然自己不免墜入金錢煉獄，有一隻手指指它
人，四隻手指卻指自己，所以刮別人鬍子前，先把自己的刮乾淨，畫
這幅畫就當作自嘲吧！

詩情・琉璃心・孫吳也詩畫集　　　穿越時空的愛戀

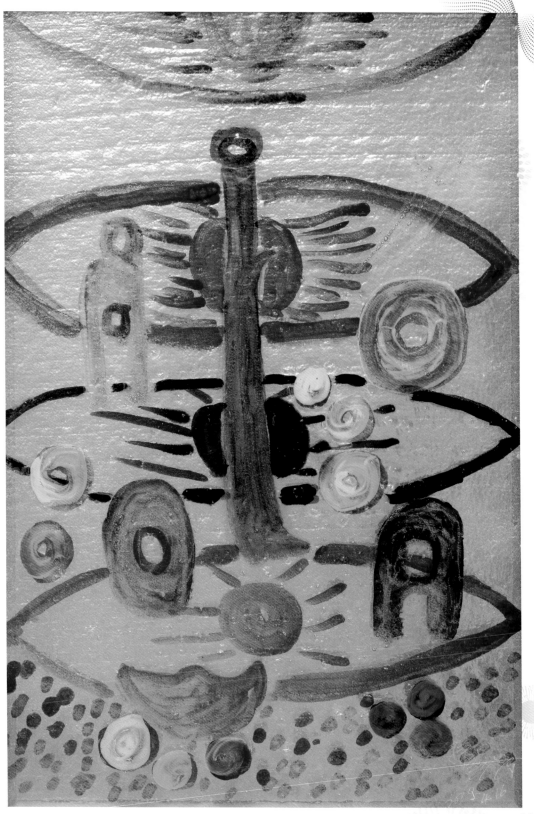

61. 蜥蜴與野鴨

生長在同一個時空中
不知是否瞭解彼此的存在
雖然近在咫尺
但彷彿遠在天邊
也許還不到食物缺乏的時候
物競天擇、弱肉強食的情況尚未完全呈現出來
蜥蜴與野鴨於焉可以在和平的紅塵裡同框
也許世事的無常會迅速來到
莫測與變化是下一個鏡頭
只是目前在表相的安寧中
潛藏著未可知的命運撥弄
誰能預測
只有等待天命吧

在澄清湖的公園裡小憩時，看到蜥蜴與野鴨並存在湖畔，
驀然感到萬物是可以和諧地活在紅塵裡的，當然這只是此
刻的現象，下一秒會如何！不必去猜測，我用眼睛去攝取
這霎那的和平，然後用琉璃畫去保存到更久遠的歲月，也
不失一份童心了。

2020
5.27

185

62. 禪境

佇立在無常的海岸
波平如鏡的空寂裡
有一種無名的音韻
在心中逐漸地醞釀
是天籟亦是禪吶
都無關宏旨
它讓人沉緬在一種與天地合一的境界中
無以名之
就稱作禪境吧

悠閒時刻，跑到海岸邊，遠眺一片汪洋，聽海浪靜靜沖襲著海岬，一種憩淡的意境籠罩四周，驀然覺得海天與自我融為一體，也許這就是所謂的天人合一，霎那彷彿遁入永恆的意境，也許這就是禪境了。

63. 流金歲月

茶花開在山麓、江邊
用奼紫嫣紅的容顏
訴說春日的歡悅
邀妳去踏青
走在唐詩宋詞的文藻裡
用笛音琴聲合奏一曲流金歲月
季節的光韻裡
誰在樓台用呢喃的細語告白
繫我一生情
負卿千行淚

沉緬在唐詩宋詞的文藻時光中，不想被驅除出境，就要設
法保存這一片美景，如此教英雄盡折腰的多嬌江山，要怎
樣保存在知心人的腦海中，唯有用詩寫下，用畫繪製了。
但願能用詩與畫的描述，讓時光停格，永留在心田。

64. 向晚時分

凝睇在紅與金的色澤中
不捨移眸
靈魂已與天地合一
無法分離彼此
縱無常驟至
也要一齊歸於虛無
不想費心去思考神祕的傳說
只想沉醉在此時此地
全然忘我的氛圍中

在夕陽的餘輝裡，已近黃昏時刻，向晚的氛圍中，想捕捉
瞬間的美，讓它根植在眼眸中，駐留在心田裡不去，
更為了讓西天的韻停格，那就用琉璃保存它的不朽在千年
之後，供後人憑弔吧！

65.
漁火、出航

馳夢於浩瀚的海上
逐鹿於魚群穿梭間
或許風平浪靜
轉瞬巨浪蹈天
生與計在禍福的天秤上移動
無法全然被自我掌握
最後的裁判操之在神明
五行之外的力量
有時也決定了此行的成敗
滿載或空船而歸
幸福或氣餒地望著岸上的炊煙裊裊上升
那種心情
漁人們都只能默默承受
但願唱著快樂的出航
也盼能平安歡呼的歸來

馳遊在東北角的歡愉中，驀見漁港捕魷魚船在黃昏時刻出
航，綠油油的漁火與夕陽爭輝，一種莫可名狀的感動陡然
昇起，對討海人家不可知的命運有一份自然的祝福，希望
歸航漁人的臉龐上有收獲的笑容。
藉琉璃畫的創作，保存那一份美好。

爬上山巔
白雲飄浮在周遭
歲月渾然與紅塵脫結
仰望雲天一片純然
晨起初日未昇
宇宙混沌
時光就此停駐
誰來同探天際的奧祕
藍天裡沒有答案

登高可以攀天，讓自我仰望天際蔚藍，白雲從身旁掠過。
霎那進入人我兩忘的境界，那種遺世獨立的感受，覺得不
辭辛苦登頂的代價是值得，把這瞬間的心裡甘苦描繪出
來，是作畫人的天職！

67.藍花楹

些許寧靜
些許幽遠
更帶著些許憂鬱
在等待些什麼呢
在全然絕望中期盼著
紫藍色的花顏捎來
死亡美學中浸潤過的情愫
象徵永不退縮的纏綿
經過淬煉後的愛戀
難道就永恆的堅貞嗎
無法可預期
但藍花楹短短的燦爛
夠我懷念一生了

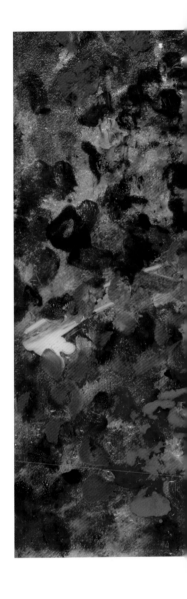

喜歡讓紫藍色泛濫成的大花海，全然淹沒我是不願逃避的
幸福，看到藍花楹的連綿花叢，真希望能化作小舟，徜徉
其中，不忍獨享這一片美，繪出它的誘惑，供眾人齊享。

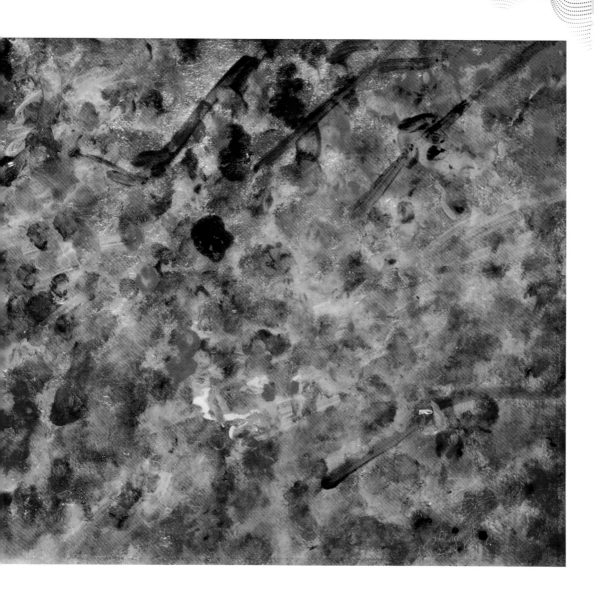

木荷之戀

有些人似荷，遠觀貌美
有些人似茶，細品雋永
有些人似樹，依靠牢固
那麼我們就去追尋，天涯海角不斷的追尋。
尋找一種植被叫樹荷，是常綠喬木，有花容可觀賞，有葉
入藥可茗，有主幹可依靠，它也叫木荷。

看滿樹白色的花顏
錠開在眼眸中
是莫可名狀的豔
綠白黃色澤無縫的結合
是大自然的傑作
是天地間的瑰寶
無論從那一個時空吹過來的風
木荷都能感受它的溫柔
並隨風起舞、笑容相迎
因為彼此都體會到
真心相惜的可貴

天生萬物
有太多的巧合與雷同
貌似名異、各逞機能
但也有幸與不幸
受上天與人們的愛惡迴異
或者說得緣與否
其命運的走向自有不同
但在繪畫人的眼中
都會贏得相同的青睞
不分軒輊
共蒙其愛

詩情・琉璃心・孫吳也詩畫集

穿越時空的愛戀

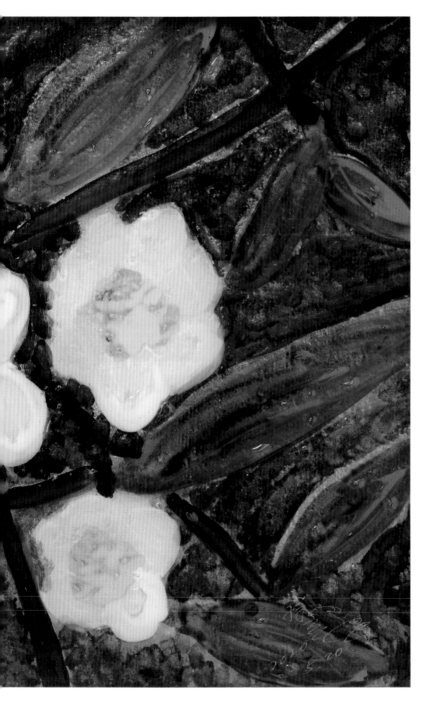

201

69. 鏡中歲月

不管是否是鏡花水月
總是投射了靈魂的內涵
也許浪跡江湖
或者躍居廟堂
生命的存在依然本我
縱紅塵變化莫測
恁世事如季節轉換
依舊保持初心
從鏡中窺見萬物四時的移動
但鏡中人必然如不動明王
冷眼看透世事萬千

詩情‧琉璃心‧孫吳也詩畫集

穿越時空的愛戀

畫這幅畫，主要是人在時光軌道中的變化莫測，我們從鏡中驀然察覺到歲月的變遷，人從童稚到垂暮，個中的轉換！是如此快速，把這種轉變訴諸琉璃畫作！成為個人的驚詫。

迷濛的夜色中
螢火蟲閃著綠光飛來飛去
點綴一個浪漫的時空
忽見一朵朵花飄零
樹叢裡開始聽到鶯啼
是傷悲花顏的凋謝
抑是期待新的季節將臨
歲月永遠是向前
東風不吹
南風就來
初荷在湖中照影
追憶起前時柳色
往日黃鶯的天籟
是否依稀在耳際響起

季節的更迭中，南風緩緩吹來，樹林子的色調更鬱綠了，
花種也換了，桃李隱退了，池塘裡的蓮與荷登場了，夏夜
裡的浪漫催動了鶯啼聲，於是一場新的天籟奏出悅耳的夜
曲，世界進入一個新的季候。

閒坐在小溪旁
數著水中落花流過
也算是入禪的根本
夏日豔陽下
汗流如雨落
一陣風吹
頓覺清涼
求禪如入無人之地
原來頓悟簡易如此
一念之獲得
便清濁兩明
何須膜拜無名神祇
藉五行之外而獲得
長空千里
紙鶴頻舞
須頃便見天門
心靜極樂自來

夏日裡有些鬱悶，太陽的熾熱令人晃神，去尋覓一處綠陰下，旁小溪坐著，望著落花流水的逝去，萌生了失落的空無，驀然有種想要從紅塵裡遁去的感受，於是陽光的暴曬反而令我有出世的悟，霎那入禪了，於焉決定把這片刻的轉變銘記下來，讓它入畫了。

異鄉的月夜

同樣的月色
迷朦中的美
依稀有故鄉的意境
湧起些許的感傷
想喝一杯烏龍茶
卻不自覺的端起珈琲
西方的夜色中
有東方的感觸
那就來一杯葡萄美酒吧
在醉意裡從絲路歸來
聽駝鈴沙漠中聲聲催
聽汽笛響徹海上旅程
更看機翼穿梭過雲層
歸來吧
留在異鄉的人兒

穿越時空的愛戀

遠居異國朋友，寄來一幀月夜家居的照片，朦朧的月色下，零落的燈光中，總令人感到有股寂寥，我想遠赴異國的友人必然有些鄉愁，才會特別拍攝了這樣的鏡頭，於是激起了我作畫的動機，藉此表達我的同理心，遙寄一份友情的溫暖！

73. 彌勒歲月

與天地齊壽
度四海八方之闊
笑看人世百態
喜怒哀樂等閒視之
生老病死置之度外
無常何須用有思測之
世事豈能盡如人意
四季靜觀皆可自得
則萬事一切就能圓滿

笑看歲月逐雲飛。在滾滾紅塵中，人不自覺的度著年華，不管是悲歡離合的境遇，或者喜怒哀樂的生活，總之不斷地向前邁進，前程是康莊大道，或者荊棘滿布，我們無法選擇或規避，那就懷著笑口常開的胸襟，隨緣去面對世事變幻，所以懷著彌勒佛的心境，我們可以快樂的活在人間，把這種感覺藉著那座山表達出來。

六月江南
榴花紅似火
彷彿是妳胭脂的雙頰
南風正暖吹過水塘
田田的荷葉泛起一片綠浪
妳是翠裡的紅顏
迎風搖曳的丰姿
在憐花人的眼眸中
留下不可磨滅的倩影
總想像妳從石橋上款款走過
等待一個偶遇的青睞
給我

南風吹來，捎來江南的榴紅訊息，再度憶起江南，那種根
植於原鄉的念，不得不湧起鄉愁，六月是令人懷思的季
節，把它用琉璃畫保存一些片羽吉光，不是更愜意嗎？

如蝙蝠
穿梭在繽紛七彩的紅塵夜裡
過程中也許有看不見的阻隔
烈日驕陽、冰霜風雪、驟至暴雨
皆隱藏在綺麗的外相裡
造物者總是戴著一幅慈悲的面具
只是川劇變臉的橋段
不時隨時空的演化頻頻出現
滄海桑田僅是一線之隔
懂得世道無常的人
要有穿越的認知及能力
方能平靜自如

在五顏六色的人間世，要辨別真的色澤不容易，在面具下
的真面目，有時豈是我等凡夫俗子的智慧所能窺破的，只
能一瞥難得真相，或者視而不見，裝瘋賣傻，穿越而過，
說些言不及義的話，聊表自己的想法，表示到此一遊。

215

76. 背後魅影

總是貌似謙卑的樣子
總是隱藏真正的色魂
美麗與醜惡在一線之隔
用遙控、隱蔽的手段撥弄命運的無常
循暗示的指令
布置不可知的造化
偽稱一個天命的降臨
自嘲吧

詩情‧琉璃心‧孫吳也詩畫集

穿越時空的愛戀

創作這幅畫是基於當今社會表裡不一的現象，祥和的外表
背後潛藏的邪惡是無法一眼識透，當突然爆發的恐懼無法
遏止時，我們不得不去瞭解及預防隱藏魅影的作祟，有鑒
於此，仍把它用琉璃畫出來。

77. 豔藍之戀

眩目於豔藍的色彩之中
無法擺脫迷航
只能走入混亂的岐路
沉淪了
滾動的色誘中
凝睇於專注的不移
縱不知它從何而來
又從何而去
但樂此不疲
它會永駐在我眸光深處

這種令人無法抗拒的藍，有種殺傷力，使得我全然放棄對誘惑的抵抗，一頭跌入這片藍色的豔麗中，不忍離去的慾望，只好把它畫出來，伴我左右。

也許是天賦
追逐飛舞在誤以為花叢的柵欄上
但色盲的蝴蝶卻展露了愉悅
表現出眉飛色舞的暢然
也許是慣性的使然吸引了蝶舞
宛如飛蛾撲向燭火
無怨有悔的物化了
雖然這真是一種美麗的錯誤
但不妨讓它
歲歲年年誤會下去吧

假相的美麗，吸引了不少追慕者，常言道花若芬芳，蝴蝶
自來，但有時不真實的外貌也會吸引盲目的追求者，創作
這幅琉璃畫，是告誡雖然眼見為實，但偽裝的外貌，或者
色盲的追逐者，只要具有其一，就有差之毫釐，失之千里
的謬誤。

79. 凝思

遠眺湖面
偶有鷺鷥掠過水波
午後的空間
寧靜中有些微的頻律振動
但此刻的時光
靈魂徘徊在無常與有序之間
無法歸一
表相淡然的冥想中
我心湖的漣漪是否已消失
無法測知
但我仍會一如往常
端坐在湖畔……
凝思紅塵中的紛擾與留戀之處

這幅畫主體的表現，是要闡述人在獨處時，特別焦距集中在某一個定點上時，不會太理會外在的誘惑，外相的觸動只是一個句號，不是文章的主體，凝視的主觀因素才是要彰顯的重點。

80. 光與影的靈魂糾纏

妳的光來
我的影現
偶然相逢
便成糾纏
也想抽絲
未能如願
難以剖析
只能緣隨
混沌一氣
永結同心

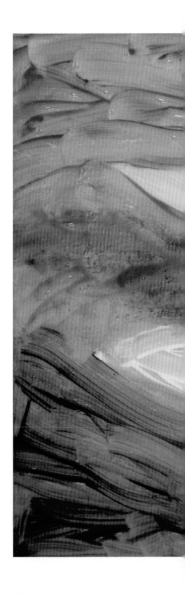

畫這幅畫主要基於兩情相悅時刻，是靈魂真正交融的剎那，彼此已無法分隔了，用光與影的相惜相隨來形容不可分割，透過纏綿的意境來象徵情深愛濃。

詩情・琉璃心・孫吳也詩畫集

穿越時空的愛戀

81. 人生垂釣

遠天彤雲密布
黃昏的夕陽漸漸隱入海平線
守著向晚時分的海岸
握著釣桿、垂著漁線
懷抱著一個長夢
但不知是為漁穫或是未來的人生
守靜在如此有禪機的時空裡
默默地進入冥思的境界

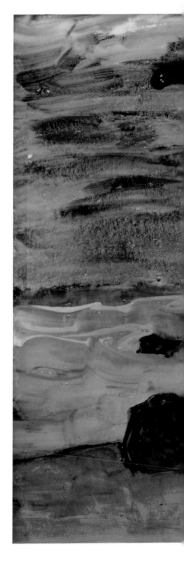

這幅創作是要訴求一個追求的目標，釣魚是一種象徵，在人生奮鬥的過程，外在的過眼雲煙是一個假相，然而真正的目的是什麼？當事人有時也惘然，隨著外在現象的變遷而調整，因此人生的目標常會遊移，雖然可笑，這就是人生。

澎湖鄉居

海風肆虐下的滄桑
是海岸鄉居的歲月見證
咕咾石的牆面歷經了多少悲歡離合
仍然寂寞地看著過往人煙
恁風吹、雨淋、日曬
不改相看兩不厭的氛圍
時間的流失
增添了古老的記痕
生離死別的過往
記載了離島漁村人家的點滴

澎湖列島是臺灣海峽上的一粒珍珠，它的民居是有其特色
的，尤其是漁村的居落更是令人嚮往的，咕咾石的牆面滿
受海風的侵襲，見證了過往的悲歡離合，畫下它的吉光片
羽，留下懷想的情懷，作為思念的依據，也是美事一件。

83. 山寺迷茫中（調寄蝶戀花）

初秋風起楓漸紅
山嵐掩翠
煙霧漫小徑
松柏葉搖泛綠浪
山寺迷茫空靈中

鳴蟲聲聲奏天籟
桂香盈盈
野菊連坡黃
一片秋光引人愁
靜待西風陣陣吹

創作這幅畫時，心中有許多童年的回憶，小學時因種種緣故，美術成績不盡理想，然幸遇名師，鼓勵我正確畫法，使我對繪畫保有正確的想法，而終究在若干年後，能有信心重拾畫筆。

獨守門扉

從清晨到黃昏
甚至守到星月滿天
從最初村頭的入口
到而今家門前曬穀的廣場
憑著那份執著的信念
知道他會回到家鄉的田埂
倚閭相望是她不變的信念
記得他不會忘記故土的門楣
是彼此相守不遷的意志
沒有詩情畫意的描述
也沒有情曲的襯托
只是默默無言的堅守著
無情的歲月裡
孕育著永無休止的等待
也許要到山無嶺、水無涯
更也許要到地老天荒無絕期

某日看電視，見一老婦人獨守門庭，等待外出經商夫婿歸來，一別數年，未見音訊，然依舊不改初衷，堅持守待，感其堅貞，感佩之餘，乃動筆構思作畫，思及，從小離家，想來自己母親必然也抱持此等心情，望我歸去。

85. 天虹歲月

蔚藍的雲空
驀然遙掛著一道天虹
雀躍的欣喜
是無可隱藏的容顏
如同乍見岸柳新綠的霎那
不必去細數虹的色澤組合
它的呈現就是莫可名狀的豔
特別是從陽台上去眺望的片刻
往日的情懷不自覺的回憶了
只是共看天虹的人兒
在天涯何方

一日外出訪勝，見遠方天際，彷彿有雨意，然霎那有彩虹
出現，在灰色的天際，出現令人驚豔的色澤，不得不把它
畫出來。

86.
只有背影

孫國祥的人生，沒有背景，只有背影。

春天的燕子歸來
繞樑飛翔不為往日的知遇
桃花嫣然忘卻了去年的人面
仲夏夜的睡蓮
想得只是自己的浪漫
不會與池塘裡蕩漾的明月爭豔
我的存在
是一個偶然的意外
不為天地立心、生民立命
也不為存在而存在
全然是東風裡偶然的放縱
低首迴思
周邊找尋不到可以牽引的手
我沒有背景、只有孤獨的背影

若干年前為了延續存在的生命，簡單的說，就是為了生存。開始終日奔波，尋找可以糊口的工作，巔沛流離之餘，憤怒孤單之際，寫下了如此的詩句。

寫這首詩時，頗見辛酸，當年為了謀取糊口而作的努力，至今思之，仍有悲涼之感，為了還原當時的情境，我把獨步慢行的背影用琉璃創作出來，以示不忘昔日之傷悲。
故繪製時，心頗有感觸。

87. 最後燦爛

聚生命的光與熱於霎那，霎那便是永恆的死亡美學。
夕陽物語

耗盡生命裡所有的能量
一切的悲歡、光與熱、甚或美麗和邪惡
都付諸於瞬間的爆發
只為那所有注目的光輝
也許短暫
也許片刻
不為朝朝暮暮的擁有
只要在曾經的時空裡……
我的信念在這片園地裡存在過
便足以告慰平生了

我總覺得夕陽無限好，只是近黃昏，是一種最值得驕傲的
呈現，美麗的燦爛，也許是初衷，更可能是最後的。
人如果無法定位，那麼就算它是最後的燦爛。
我把它畫出來，作永恆的記念。

88. 雅亭之戀

繫馬雅亭前
且等伊人來
向晚夕陽燦
夜月隱林間
竹籬花影動
疑是金步搖
且等星辰起
吹笛和鶯啼

有一天黃昏時刻，隨興到澄清湖攬勝，看到很雅的一個亭子在綠叢之中，一種幽然懷古的情境在眼前，感到不把它捕捉下來，是一種錯誤，所以立刻拍攝下來，然後畫下來，作一種把時光保留的努力。

89. 夢回江南

登上小橋
東風吹起岸柳飄浮
渠道上溪水潺潺
偶而流紅嫣然而過
卻等不到小舟款款而來
落花帶來的訊息
是不再相見的魚雁
有些許惘然
但風裡的杏花雨露
讓人又醉了
江南的小城
孕育了我的失落的夢
但我仍然想夢回

詩情‧琉璃心‧孫吳也詩畫集

穿越時空的愛戀

寫詩的人大多喜歡用江南作主題，不管是否到過或住在過那片園地，彷彿那是夢裡的故鄉，但我確實生長在水鄉澤國，所以我很喜歡描寫江南，但我也很小就離開斯地，但距離的美感，讓江南無限的驚豔，所以適合作畫，特別用琉璃創藝。

243

90. 水燈

小河啊
水燈是今夜的過客
恰若妳擁不住的水蓮簇簇

蘆葦不白
喧天管樂聲歇
驚起的是七月裡濃濃的離愁
回首鄉關
依稀是遠遠的懷念
抹落眉間塵土三千
我已厭於追尋
燭光不滅
水燈終將逝去

我的夢啊
依舊是一朵寂寞的蓮

記中元普度

若干年前，我因緣在雨港駐足，每年中元節普渡時，都會
看到放水燈的情境，感慨之餘，遂寫下水燈這首詩。
開始創作琉璃時，始終想把詩意用畫來表達。
終於圓夢了。

雙魚情深

在流水的世界裡
不論是北國長河大江
抑是江南湖泊小溪
不管波濤洶湧或潮緩浪平
若非緣淺
雙魚都會萍水相逢、相伴相隨
在歡愉中纏綿悱惻
在危難時相濡以沫
縱使風雲變色、翻江倒海
相隔海角之遠也期待相逢有期
如海情深、似水溫柔
兩隻魚總是如膠似漆
永不分離長相廝守

詩情・琉璃心・孫吳也詩畫集

穿越時空的愛戀

一天經過精品店，一座繪著蓮花及雙魚的花瓶，驀然吸引著我，不經考慮就買下了，放在書房，作為觀賞之用，有種越看越喜歡的感覺，由於自己的星座是雙魚，所以開始創作琉璃畫時，就有用這個花瓶作藍本的打算，所以畫好這幅畫時，特別興奮！

縱然身處異地
情懷中仍然縈繞它的圖像
許多挫折
許多打擊
風雨侵襲
無端凌遲
在淚眼裡看它
在夢魂裡想它
任時光匆匆
任歲月消逝
無時無刻的寄情
是種不可磨滅的相思
無遠弗屆
無時或忘

大自然的妙手，常會有種特別的創作，兩棵樹形成的空
隙，或從岩石山洞望出去的空白，宛如臺灣的形狀，不覺
感到一陣親切感，於是用琉璃把它畫出來，是一種美麗的
記錄。

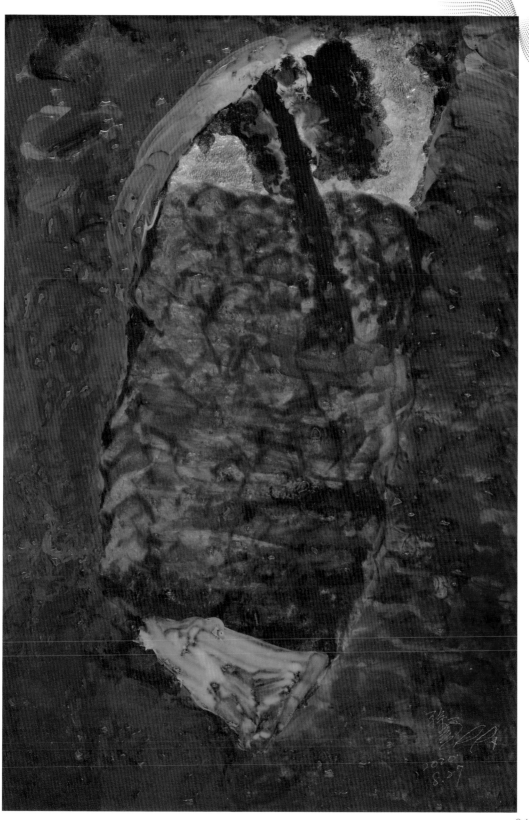

93. 孤單是今夜無聲的天籟

今夕牽牛花
在竹籬上散發出最後的燦爛
有個多麼悲切而美麗的稱謂
朝顏
紫白混搭的色容
讓人不忍一次看盡的感觸
覺得細細品味、慢慢咀嚼是一種雋永的享受
回顧四野
沉靜的空間裡
水塘裡倒映著的紫色誘惑
是揮灑不去的纏綿沉澱
在無聲的穿梭中
驀然傳遞了一份孤單的悱惻
而後逐漸消失在夜色中

許多人常對竹籬上的牽牛花視若無睹，但個人對暱稱朝顏
的花朵情有獨鍾，特別紫色的色澤吸引人的目光，把它放
在琉璃畫上，特別悅目。

251

94. 港都夜色

西天的彩霞彷彿是她的羞顏
在向晚的暮色中向我頻頻招展
萬家燈火逐漸甦醒
與夕陽和早昇的初星共輝煌
夜光靜靜地籠罩在港都的巷道上
市聲驀然喧囂起來
都市交響樂奏起了黃昏愁
等待夜幕下垂
全然進入黯暗的世界
滿天的星斗在夜空中布置了
誘人的圖騰
等待著有心人去仰望

黃昏時刻，夕陽從柴山方向照射過來，特別從直向道路慢慢看過去，暮色把都會籠罩在一片黯暗中，但向晚的景色中有無限的神祕，值得一畫再畫。

又見雙魚

驀地生命的春天嫣然降臨
又見人間三月天
小池塘裡新荷花苞開始伸出水面
一付迎風招展的模樣
春夏交替間的東南風是溫暖的清涼
也許感受到季節變遷中的吸引
悠遊中的魚兒開始去接觸新境界
成對的雙魚從田田的荷葉下浮出
相守相惜的悱惻
讓花間的蝴蝶也見聞到水族的濃情蜜意

畫完一幅雙魚畫後，覺得意有未盡，乃再度有作畫之慾望，第二度的雙魚畫必須有新的創作構想，比較困難，但壓力之下，突破是必然的，在舊的枝幹中添上新葉，必須掀起翻地覆地的改變。

255

96. 金針遍野

俯視山麓
陽光下泛起一片金黃色的波浪
想要衝動地在它的懷抱中打滾
或者化身為一葉小舟
盡情地在黃金海洋中徜徉
不去想紅塵裡的世事雜物
此刻我已置身在人間天上
遨遊四野觸目所及
但覺世間的一切可以拋卻
頓然感到寵辱皆忘
祈願時光就此停格
在這片世外桃源永駐

火車在東海岸駛過,車窗面山的方向,看到大片金針花遍
山開放,一陣風來,泛起一陣黃金浪,特別向晚時刻,與
夕陽共燦爛,簡直是世外桃源。
所以動筆繪畫是一件樂事。

97. 淡海幻想曲

海雲捲起了曠古的遠夢
長浪也湧起了對歷史長河的追憶
斑剝中的貝殼催起了海洋的幻想
憧憬中的龍宮歲月
似精靈般復活在我眸光深處
期盼著龍女們
在廣大的海平原上牧羊
讓我用牧笛聲
引導天地間的相思
譜成無可抗拒的天籟
成就一段段傳奇的神話

心悶之餘，作畫時刻，把剩餘的釉料信手鴉塗，抽象一下，無意中構成了一幅饒有別境的圖，很像淡海的一隅，遂命名為〈淡海幻想曲〉。

殘垣之戀

回歸到古老的夢境裡
那裡孕育著真誠的人間
沒有功利主義的氛圍
沒有仇富鬥爭的色彩
人人可以和睦的溝通
不會尖酸刻薄的挑釁
沒有我執主去宰一切
然金甌已傾、黃鐘已毀
目睹歲月侵蝕後的殘蹟
有股驀然心碎的感觸
無淚的苦不能彰顯
卻痛徹心扉
夕陽已逝
黃昏隱沒在無邊的黯暗中
微弱的月光下
斷壁殘垣有一種知心者才能會意的動能
在我悲涼的情愫中滋長

夕陽之下，殘垣破壘也有其令人驚豔的吸引，頹廢的美學
散發出最後的魅力，把它完整的勾勒出來，有說不出的愉
悅，特別想把它用琉璃創作出來。

261

99. 伸向藍天

時光榨取了歷史的記憶
斑剝的牆面映照過多少的興亡盛衰
徒留下破敗陳舊的圖騰
在夕陽中不退縮的流轉
龐大的建築體呈現出巨大的身影
是一種對歲月不屈的象徵
為了更突顯自我存在的價值
也對蔚藍的天宇致敬
此刻天地間醞釀出殘缺的美學
讓人們的視覺擁有另類的圓滿感受

那面直牆伸向天宇，有種完全不屈的意象，雖然斑剝但依舊強有勁，看到這種鏡頭，覺得創作出來的是種堅強意志的表達，畫出來的想法特別濃烈！

100. 迷魂

用沉澱在眸光深處的第六感
去覺察色彩內在的涵詠
精靈似的夢幻色顏
編織了讓靈魂震憾的迷陣
探索去如何闖出魂與色授的陷井
是一種難能可貴的經歷
但有時卻寧肯能終老斯色
只是愛得那麼深
緣卻是相對的淺
但畢竟要告別的
徒留下無窮的暇思

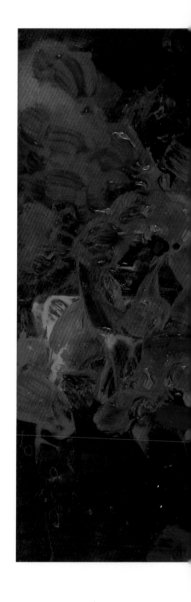

完全陶醉在百色之中，也願意迷魂在色彩的深淵中，走不
出去，陷在自我的迷濛中，但我不會覺得懊喪，這片色的
煉獄，也許是我最佳的歸處。

許一男老師的推薦序手稿

No.1

詩心流璃「情鮮璀璨」

孫吳也：新聞（李敖閣下）好友—孫國祥。情愛大詩人！策劃「詩心流璃情」首次個展，只有一段時日，起始萬事多磨，有些曲折，有點悶！

日前南呼大藝術生態研討會中場，南風吹拂的片刻，靈犀忽忽然萌生鏈結，新聞急催邀約「真情一代男」序，聚首交談，啜飲耶加雪菲咖啡，熱情的律動中，擁抱當下、彼此期許在「詩心流璃情」的展覽中，將所有如風神往的感動釋出！映在言語中，映在彼此的心裡。說先愛樽情絲的祝福，祈表吾島一男無限崇敬之意。

No.2

孫吳也：才子詩人，學貫古今、氣質儒雅，炯炯神情，輕巧型男的魅力，就不再整述其詳。在欣然為序之前，醉心呵護所贈西班牙詩抄百首，感佩驚嘆之餘，試就孫吳詩作之從繪畫（琉璃創作）的互動、淵源、起始，拿達做一分析探討。

古人有云「詩中有畫，畫中有詩」，藝文大家莫衷一更讚稱藝術創作為「靈視」，讀詩是靜的，味道領會當間，視覺動的去捕捉瞬間的過程，創作本身離由心靈需要而起，是完美生命靈魂的呈現，亦如詩畫同源，主旨表徵，詩意可藉由圖像合作，客觀圓滿完成。

孫吳也，以詩文為內涵在流璃上作畫，這種獨特的藝術語彙（琉璃裡材質不易吸附的特殊性）不完全

No.3

用筆的塗繪方式，為視覺藝術展開另一種可能性，完全不同如純視覺享受，沒有固定的構圖與形式，彷彿在玩色彩遊戲般，又具音樂律動、節奏感，整個更為融和而充實。

創作就先將最親近的材質，最通俗最流行，搬上畫面，展現類歐普藝術的抽象效果。當代藝術對傳統繪畫包括裝置、行為、知覺，都可被創造。

創新以詩心補足視覺形式空靈的缺憾，「孫吳也以詩記之，質彌如詩泉湧，「覽山河宇宙於眼光中，凝眸於此處之際，真所謂將藝術登入勝境心「一杯壺壘，賜或靈連，實在是難能可貴了！

No.4

最後：你怎悸然心動，我要為孫吳也成功出擊的第一個畫展喝采……

做為一個藝術家（歸緣），將人生閱情為「愛」，用世界級的方式布局，「超前布署」透過自說自畫、自我完成。不是一般圖冊看到的那種，而是純以自己「形式即內容」美妙無比，契合當下文化藝術的靈知，一種現代社會視覺藝術的依歸、字韻和塊曠的靈感。

榮喜！孫吳也！今天起，藝術家孫吳也！這個名號推許的榮寵、高人上了頂。「愛‧句藝」、「詩心‧流璃情歸璀璨」，我們熱烈鼓掌祝福。

許一男 2020.10.01.

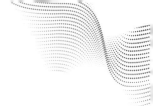

美麗與哀愁（一）全球限量TK名瓷

　　孫吳也原名孫國祥，《美麗與哀愁TK名瓷》發行人，現任好事聯播網副董事長，西元1995年港都廣播電台在高雄奠基，進而擴展成五家的聯播網媒體集團，不但收聽率全台第一，業績亦復如此。

　　孫吳也思古撫今，回顧求職年代，坎坷的過程，不免感慨良多。所幸，憑藉不服輸的意志，考上「舒潔衛生用紙的台灣史谷脫公司」，六年中從專員晉升到企劃經理，旋被「蘭麗化粧品公司」挖角任職副總理，但在同時已被生產汽水的國際「七喜公司」，聘為駐台第一任總經理，六年後又被適逢重整後，生產蛋捲的「喜年來公司」重金聘為總經理，更因表現良好，兼任了董事，一任職就長達十年，當年已屆五十歲的孫吳也巧遇廣播名人倪蓓蓓女士，因緣投資了「港都電台」，經過二十六年努力耕耘，發展成在台灣擁有五家電台的「好事聯播網」。

　　近年來孫吳也大師業餘從事詩、小說寫作、舞台劇、琉璃創作，出版十本詩和小說，更首創全球以中文、英文、西班牙文三國語言的《孫吳也西遊記：西班牙詩抄一百首》為其代表作。

　　其成功的斜槓人生創作，集於一首《美麗與哀愁》詩詞中。西元2019年10月更因緣際會，與全球首創擁有生產長久抑菌、無毒、超奈米易潔瓷的同豪公司科研團隊合作，委任台灣衛浴瓷授權商塘麗莊DoRis衛浴督導生產全球限量一百組珍貴的「美麗與哀愁TK名瓷」。

美麗與哀愁（二）調寄青玉案變革

青史不容獨留白　　　　儂喜紅葉催人愁
山谷翠　　　　　　　　年年墜了胭脂淚
盡脫塵　　　　　　　　誰來採菊東籬下
新蘭一葉春與共　　　　曲港煙波
綺麗花舫　　　　　　　嶺都漠漠
望七月祭　　　　　　　偏好黃昏雨
天喜秋風露　　　　　　事事托天虹

系吳也創作書籍

月2004年至2019年
系吳也總共創作十本書籍

情詩五百首

情愛

彩虹帝國

西班牙特抄一百首詩

天地百感集

非人間

百花

魑幻人間

山河

讀海的101個女人

2004-2019

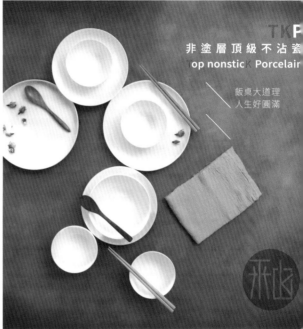

TKP

非塗層頂級不沾瓷
op nonstick Porcelain

飯桌大道理
人生好圓滿

飯桌大道理
人生好圓滿

國家圖書館出版品預行編目資料

詩情・琉璃心・孫吳也詩畫集～穿越時空的愛戀
／孫吳也著. --初版.--高雄市：孫國祥，2021.1
　　面；　公分
ISBN 978-957-43-8276-7（平裝）

863.51　　　　　　　　　　109017625

詩情・琉璃心・孫吳也詩畫集～
穿越時空的愛戀

作　　者	孫吳也	
校　　對	孫吳也	
統　　籌	李啟聰	
編　　審	江風荷	
發 行 人	孫國祥	
出　　版	孫國祥	

807高雄市三民區民族一路80號34樓之1
電話：0968-983863
電郵：5meanings99@gmail.com

設計編印　白象文化事業有限公司
　　　　　專案主編：林榮威　經紀人：徐錦淳
經銷代理　白象文化事業有限公司
　　　　　412台中市大里區科技路1號8樓之2（台中軟體園區）
　　　　　出版專線：（04）2496-5995　傳真：（04）2496-9901
　　　　　401台中市東區和平街228巷44號（經銷部）
　　　　　購書專線：（04）2220-8589　傳真：（04）2220-8505
印　　刷　基盛印刷工場
初版一刷　2021年1月
定　　價　500元

孫吳也文創講座、文創藝品展覽邀請
請洽江風荷小姐
電話：0968-983863

白象文化　印書小舖　出版・經銷・宣傳・設計
www.ElephantWhite.com.tw　f 自費出版的領導者　購書 白象文化生活館 🔍